Kommt ein Lämmchen geflogen

Christine & Christopher Russell

Die Schaf Gäääng

Kommt ein Lämmchen geflogen

Aus dem Englischen
von Eva Plorin

Thienemann

Inhalt:

Es war ein heißer Sommer. Die Weide der Eppingham-Farm flimmerte in der Hitze. Die fünf seltenen Rasseschafe, die dort lebten, dösten im Schatten und hingen ihren Gedanken nach.

Jasmine, das zierliche schwarz-weiße Jacobschaf, grübelte, ob ihr wohl ohne Fell weniger heiß wäre. Wenn sie geschoren wäre, könnte sie sich vielleicht eine Tätowierung machen lassen. Klein und todschick müsste sie sein; zum Beispiel ein Bild von ihr selbst auf der linken Schulter. Oder vielleicht auf der rechten. Oder auf beiden.

Oxo, der massige Oxford-Schafbock, träumte. In seinem Traum wurde eine ganze Anhängerladung cremeweißen Blumenkohls auf die Weide gebracht. Nur für ihn allein. Das war der einzige Traum, den er je hatte, aber das war in Ordnung für Oxo.

Sally, das mütterliche Southdown-Schaf, tat stets gern etwas Sinnvolles, während sie herumsaß. Und so dachte sie über die Vergangenheit und die Zukunft der Schafheit nach, was bedeutete, dass sie sich die *Ballade vom Vlies* ins Gedächtnis rief und die einzelnen Strophen aufsagte. In den altehrwürdigen Versen stand alles, was ein Schaf wissen musste. Und Sally sah es als ihre Pflicht an, dieses Wissen weiterzugeben. Insbesondere an die jüngere Generation, an Will beispielsweise, der dicht neben ihr lag.

Will war ein walisisches Balwen-Lamm, das jüngste und kleinste der fünf seltenen Rasseschafe. Er hatte keine Mutter mehr und war von Todd und Ida, den beiden Menschen, die auf der Eppingham-Farm lebten, in der Küche großgezogen worden. Diese menschliche Erziehung hatte Will einige Flausen in den Kopf gesetzt – jedenfalls Sallys Meinung nach. Obgleich sie zugeben musste, dass es sich gelegentlich als nützlich erwiesen hatte, dass Will ein bisschen lesen konnte.

Zu ihrer anderen Seite saß Linx, der Lincoln-Langwollschafbock, wippte mit dem Kopf und murmelte beim Wiederkäuen vor sich hin. Sally störte sich nicht an dem Gemurmel. Sie wusste, dass Linx hinter dem Vorhang aus Locken, der ihm über die Augen fiel, einen Rap komponierte, und seine Raps hatten die fünf Schafe auf vielen Abenteuern als »Marschlieder« begleitet – auf ihren Abenteuern als Kriegerschafe.

Sally bedauerte es kein bisschen, dass sie in letzter Zeit keine Abenteuer bestreiten mussten. Sie fand es, ehrlich gesagt, ziemlich ermüdend, kreuz und quer durch die Lande zu hetzen. Doch während sie sich noch verschämt der Hoffnung hingab, für immer einfach so weiterdösen zu dürfen, wurde die friedliche Ruhe auf der Wiese jäh gestört.

»Hü-aaaa!«

Die Schafe fuhren erschrocken herum.

Todd und Ida rasten auf Dreirädern durch das Tor zur Weide. Die altmodischen Fahrzeuge mit drei Rädern holperten und schlingerten über das Gras. Hinter den Sitzen flatterte jeweils ein kleiner, verblichener Wimpel mit der Aufschrift: WIR LIEBEN EPPINGHAMS SELTENE RASSESCHAFE.

»Hü-aaa!«, brüllte Todd abermals. »Schneller, Oma! Gib dich nicht mit Silber zufrieden!«

Die Schafe waren aufgesprungen.

»Was machen die da?«, erkundigte sich Oxo.

»Ein Wettrennen«, antwortete Will.

Oxo schaute sich suchend um. »Wo ist der Blumenkohl?«

»Blumenkohl?«

»Wenn wir ein Wettrennen machen, dann weil es Blumenkohl gibt«, erklärte Oxo. »Oder Wirsing. Oder Rüben. Wer zuerst kommt, kriegt die größten!«

»Bei Menschen geht es nicht um Blumenkohl«, entgegnete Will. »Es geht um Ruhm.«

»Ruhm?«, fragte Oxo. »Nie davon gehört. Ist das auch eine Art Blumenkohl? Oder größer?«

»Das ist nichts zum Essen«, sagte Will.

»Warum veranstalten sie dann ein Wettrennen?«

Will tat sich schwer mit der Antwort, weil er es auch nicht richtig verstand. »Ruhm ist kein Ding«, antwortete er dann. »Das ist eine Idee. Die Idee, der Beste zu sein.«

Oxo grunzte. »Da hat man nicht viel davon, der Beste zu sein, wenn man immer noch hungrig ist.« Er wandte sich ab und rupfte ein Büschel trockenes Gras.

»Hü-aaa!«, brüllte jetzt Ida. Sie war sogar noch älter als ihr Dreirad, aber sie konnte sehr schnell in die Pedale treten. Als sie die Hecke erreichte, wendete sie auf zwei Rädern und raste zurück. »Vorwärts, Todd! Du fährst wohl rückwärts!«

Todd machte es nichts aus, wenn seine Oma gewann. Er grinste, als sie knapp vor ihm am Gatter der Weide eintraf, dann schaute er auf seine Uhr. »Wow! Siebenunddreißig Sekunden, Oma. Das war drei Sekunden schneller als gestern.«

Sie schlugen die Hände zu einem High Five gegeneinander.

»Denen werden wir es zeigen bei den Spielen, was?«, sagte Ida. »Die werden denken, dass wir einen Motor haben, so schnell, wie wir sind.«

Das Geräusch eines Lieferwagens drang zu ihnen und Ida blickte mit zusammengekniffenen Augen in Richtung des Wegs, der zum Hof führte. »Oh, schau! Da kommt Tony!«

Ein grün-weißer Lieferwagen mit einer geschmackvollen Borte aus braunem Schlamm näherte sich. Die Seiten des Wagens zierten ein Bild von Hühnern und Gänsen sowie der Schriftzug: STADTFARM.

Der Lieferwagen kam abrupt zum Stehen und ein junger Mann sprang heraus. Sein Name war Tony Maxwell. Tony hatte früher auch in dem Örtchen Eppingham gewohnt, aber jetzt kümmerte er sich um eine Farm in London mit sehr vielen Tieren.

Er eilte mit schnellen Schritten zur Weide, umarmte Todd und Ida herzlich und schaute dann zu den fünf Schafen hinüber.

»Sie sind also noch da«, stellte er fest.

»Unsere Schafe? Wo sollten sie denn sonst sein?«, fragte Ida.

Die Schafe starrten ihrerseits Tony an.

Er zuckte mit den Schultern. »Wer weiß.«

»Na, jetzt, da *du* hier bist, reisen sie ja nach London«, sagte Ida. »Eine Tasse Tee?«

»Ähm, ehrlich gesagt, sollte ich direkt zurückfahren«, antwortete Tony.

Aber Ida hatte sich schon bei ihm untergehakt und marschierte mit ihm zum Haus.

Todd bereitete den Tee zu, während seine Oma einen frisch gebackenen Kuchen anschnitt. Tony rutschte unruhig auf dem Stuhl hin und her und warf einen Blick auf seine Uhr.

»Der ist mit Datteln und Chili und einem Hauch Rüben«, erklärte Ida und platzierte mit Schwung ein üppiges Stück auf seinem Teller.

»Oh«, sagte Tony. »Lecker. Vielen Dank.«

»Nein, wir danken *dir*, mein lieber Tony. Dafür, dass du uns alle abholen kommst.«

Tony zuckte mit den Schultern. »Euer alter Lieferwagen hat also den Geist aufgegeben?«

»Voll und ganz«, antwortete Ida. »Er hat die Räder verloren. Also, eigentlich nur zwei Räder. Aber aus irgendeinem Grund fand der Mann in der Werkstatt, der Wagen sei nicht mehr verkehrstüchtig.«

»Ach«, sagte Tony.

»Wie geht es Nisha?«, erkundigte sich Ida.

Tony wurde rot. Nisha war das tollste Mädchen auf der ganzen Welt und irgendwann würde er allen Mut zusammennehmen und sie bitten, ihn zu heiraten. Irgendwann.

»Oh, gut, sehr gut«, antwortete er.

»Arbeitet sie immer noch für Öko-TV?«

Tonys Gesicht wurde noch röter. Er hatte sich so hastig über den Kuchen hergemacht, dass er eine ganze Chilischote übersehen und hineingebissen hatte. So nickte er nur heftig.

»Hm, hm …«

»Großartig!« Ida klatschte in die Hände. »Wenn wir das Dreirad-Rennen gewinnen, kann sie ein Interview mit uns führen.«

»Hmmmm … *Aaaah!*« Tony riss den Mund auf und sog Luft ein wie ein Ertrinkender.

»Hast du zu viel Rübe erwischt?«, erkundigte sich Ida. »Trink einen Schluck Tee.«

Tony schlürfte dankbar seine Tasse leer und fühlte sich

endlich wieder in der Lage zu sprechen. »Und, seid ihr startklar?«

»Ja«, sagte Todd.

»Nein«, widersprach seine Oma mit Nachdruck und warf ihm einen strengen Blick zu. »Ich fürchte, wir können erst am Freitag nach London kommen.«

Tony sprang auf und machte ein entgeistertes Gesicht. *»Freitag?«*

»Ich hab Prüfungen«, murmelte Todd. »Die blöde Schule hat die Termine geändert und Oma sagt, ich muss deswegen noch hierbleiben.« Normalerweise schmollte Todd nie, aber jetzt schmollte er.

»Ja, aber, warum habt ihr mich nicht angerufen?«, rief Tony aus.

»Wir wollten deine Pläne nicht durcheinanderbringen«, erklärte Ida. »Wir kommen am Freitag mit den Dreirädern nach.«

»Was? Ihr wollt bis nach London damit fahren?«

»Das ist nicht das erste Mal. Und es ist ein gutes Training, richtig, Todd? … Todd, hör auf zu schmollen.«

»Ja, Oma.«

»Aber dann verpasst ihr die Eröffnungsfeier«, warf Tony ein.

»Die Schule geht vor«, entgegnete Ida mit lehrerhaftem Tonfall.

Tony schaute plötzlich misstrauisch drein. »Und warum sollte ich herkommen?«

»Ach, du kannst die Schafe heute, wie geplant, mitnehmen«, erwiderte Ida munter.

»Ohne euch?«

»Keine Sorge, das macht ihnen nichts aus«, sagte Ida lachend. »Es wäre sowieso ziemlich eng geworden, wenn wir auch noch die Dreiräder in den Laderaum hätten quetschen müssen. Somit hat sich alles bestens gelöst. Nicht wahr, Todd? … Todd!«

»Ja, Oma.«

Tony bekam weiche Knie. Die Aussicht, ganze drei Tage für die Schafe, für *diese* Schafe, verantwortlich zu sein, erfüllte ihn mit Panik. Er hatte im Moment auch so schon genug um die Ohren. Tony blickte auf die Uhr und geriet in noch größere Panik.

»Na schön«, sagte er. »Na schön. Dann nichts wie los, hopp-hopp!« Und er stürmte aus der Küche.

Todd und Ida eilten ihm nach.

Die fünf seltenen Rasseschafe beobachteten interessiert vom Gatter aus das Geschehen. Sie sahen, wie Todd die hinteren Türen des Lieferwagens öffnete und die Rampe herabließ.

»Ja, hallo!«, sagte Oxo. »Was ist denn da los?«

Er sollte es gleich herausfinden. Todd kam zur Weide und öffnete das Gatter.

»Raus mit euch!«, rief er. »Ab in den Urlaub! Ihr fahrt nach London.«

Die Schafe hegten keine sonderliche Vorliebe für Transporter. Sie hatten die eine oder andere schlechte Erfahrung damit gemacht. Aber wenn Todd sie zum Einsteigen aufforderte, ging das in diesem Fall sicher in Ordnung. Und Jasmine gefiel das Wort Urlaub. Also kraxelten sie alle gehorsam auf die Ladefläche.

»Wir sehen uns in London!«, rief Todd ihnen noch zu, bevor er die Türen schloss. »Und benehmt euch, damit Tony keinen Ärger hat.«

Todd und Ida winkten dem Lieferwagen nach, der zügig den unbefestigten Weg entlangrumpelte, auf die Hauptstraße abbog und davonbrauste.

»Vielleicht muss er rechtzeitig zurück sein, um die Tiere zu füttern«, überlegte Todd.

»Entweder das oder er steckt wieder in Schwierigkeiten mit Außerirdischen«, antwortete Ida.

Der Fluch des Goldenen Grals

Tony steckte nicht in Schwierigkeiten mit Außerirdischen.

Es hatte eine Zeit gegeben, da war er besessen von Außerirdischen gewesen, das stimmte. Damals, als er glaubte, ein unbekanntes Flugobjekt gesehen zu haben. Aber mittlerweile war ihm das ziemlich peinlich und er versuchte, nicht mehr daran zu denken. Jetzt hatte er eine neue Leidenschaft: Geschichte. Die Geschichte des Uferpalasts.

Den Uferpalast hatte man vor fünfhundert Jahren direkt an der Themse errichtet, doch Teile des Baus waren noch sehr viel älter. Das Schloss selbst war eine Ruine. Ein Dach gab es schon lange nicht mehr und lediglich wenige kleine Mauerreste standen noch. Dort, wo sich einst die Küche und der Speisesaal befunden hatten, lagen jetzt Koppeln und Pferche für die Tiere der Farm. Einige der ehemaligen Nebengebäude des Palasts hatten jedoch die Zeiten überdauert: Die einstige Molkerei und das Brauhaus waren mehr oder weniger erhalten, wenn auch völlig von Efeu und Brombeergestrüpp überwuchert. Der einzige nicht baufällige Teil war die Mauer, die das Anwesen von der Themse abgrenzte. Der Uferpalast mochte eine Ruine sein, aber eine Ruine mit einem Geheimnis, davon war Tony Maxwell überzeugt. Mit einem großen Geheimnis. Und er hatte es eilig, dem weiter auf den Grund zu gehen.

Tony drückte das Gaspedal bis zum Boden durch. Er hätte es besser wissen sollen: Sein Lieferwagen fuhr nicht gern schnell. Er machte komische Geräusche, ratterte und jaulte. Plötzlich ertönte ein knappes *TWING*, der Wagen rollte noch in eine Haltebucht und blieb stehen.

»Aaaarrggh!« Tony stieß ein Geräusch aus, wie ein Vogel Strauß, den man gerade erdrosselte.

Die Schafe schauten einander an.

»Was ist passiert, Liebes?«, fragte Sally.

»Ich glaube, der Lieferwagen ist kaputt«, erklärte Will.

Der gesamte Wagen schaukelte, als Tony aus der Fahrerkabine ausstieg und die Tür zuknallte. Die Schafe konnten beobachten, wie er die Kühlerhaube öffnete, um den Motor zu inspizieren.

»Neeeeein!«, heulte er auf. »Nicht die Motorgetriebeschwungradfeder!«

»Worum geht's?«, erkundigte sich Oxo.

»Keine Ahnung«, antwortete Will. »Aber ich glaube, der Lieferwagen funktioniert nicht ohne das Ding.«

Tony redete am Telefon eindringlich auf jemanden von der Pannenhilfe ein. Kurz verschwand er aus ihrem Blickfeld, dann schwangen die Türen zum Laderaum auf und er wandte sich direkt an die Schafe.

»Eine Stunde! Ist es denn zu fassen! Der Abschleppwagen kommt erst in einer Stunde!«

Die Schafe bemühten sich, eine enttäuschte Miene zu machen.

»Rutscht rüber!«, befahl Tony. Er kletterte zu den Schafen in den Laderaum und kauerte sich auf einen Radkasten. Dann seufzte er mehrmals ungeduldig und schlug mit der geballten Faust gegen die andere Handfläche.

Schließlich fing er an zu erzählen. Nur so konnte er Dampf ablassen.

»Ich stehe *so* dicht davor. *So* dicht!« Und er deutete mit einer winzigen Lücke zwischen Zeigefinger und Daumen an, wie dicht.

Die Schafe blinzelten.

»Habt ihr je die Geschichte von König Artus und den Rittern der Tafelrunde gehört?«

Das konnten die Schafe wirklich nicht behaupten.

»Die Sage ist uralt. Vor unendlich langer Zeit, noch vor den Normannen und Angelsachsen, pflegten die Ritter zu Missionen aufzubrechen.«

Missionen? Die Schafe erstarrten. Mit Missionen kannten sie sich aus. Sie lauschten aufmerksam.

»Also, einer der Ritter, Sir Bonifaz, brach auf, um den Goldenen Gral von Theodopolus zu suchen, irgendwo drüben auf der anderen Seite des Ärmelkanals in Europa, wo genau spielt keine Rolle. Entscheidend ist, dass er den Gral gefunden hat! Einen mit Juwelen besetzten Kelch. Aber als er nach England zurückkehrte, wurde er von einem Ungeheuer, halb Drache, halb Wolf, getötet und der Goldene Gral verschwand. Die *Legende*, die Legende besagt, sein Sohn habe den Gral in Sicherheit gebracht. Sir Bonifaz war edel und gut, wisst ihr. Und sein Sohn wollte verhindern, dass der Gral in die Hände von Menschen fiel, die das nicht waren. Und davon gab es jede Menge in der alten Zeit. Ein bisschen wie heute, um ehrlich zu sein. Und wo hat er den Gral versteckt?« Tony machte eine dramatische Pause. »Im Uferpalast!«

Die Schafe blinzelten.

»Im Uferpalast!«, wiederholte Tony. »Dort, wo ich mit euch hinfahre. Wo sich die Stadtfarm befindet.«

»Ich wünschte, er würde aufhören zu brabbeln und uns was zu essen bringen«, murrte Oxo.

»Aber jetzt wird die Sache kompliziert«, fuhr Tony fort und beugte sich mit ernster Miene vor.

Sally setzte sich und die übrigen Schafe folgten ihrem Beispiel.

»Hunderte von Jahren stand der Gral in der kleinen Familienkapelle des Palasts«, berichtete Tony. »Er war quasi in Vergessenheit geraten. Und dann, vor ungefähr neunzig Jahren, beschloss ein Nachfahre von Sir Bonifaz, ein gewisser Bartholomäus, dass es an der Zeit sei, etwas damit zu tun. Er wollte den Gral an ein Museum verkaufen, damit jedermann ihn bewundern konnte, und mit dem Erlös den Armen helfen. Bartholomäus war ein guter Mann. So wie sein Vorfahre.«

»Weckt mich, wenn er fertig ist oder uns eine Portion Kohl bringt«, murmelte Oxo und senkte den Kopf.

»Bartholomäus' Vorhaben sorgte für Schlagzeilen in allen Zeitungen«, erzählte Tony weiter. »Und da nahm die Tragödie ihren Lauf. An dem Tag, als der Gral verkauft werden sollte, wurde er von einem jungen Palastgärtner gestohlen. Sein Name war Arthur Upton.« Tony hielt inne und beugte sich noch weiter vor. »Doch er sollte seine Tat schon bald bereuen. In sein Haus schlug der Blitz ein, sein Pferd rannte davon, sein Hund biss ihn. Er litt an Albträumen, in der Nacht und sogar am Tag. Schließlich erkrankte er an einem rätselhaften Fieber und starb.« Tony senkte die Stimme. »Und seine letzten Worte lauteten: ›Auf dem Gral liegt ein Fluch! Ein Fluch!‹«

Fünf leise Schnarchlaute verdarben die dramatische Wirkung von Tonys Erzählung.

»Wie dem auch sei«, fuhr Tony fort, ohne auf das Schnarchen und Grunzen zu achten. »Ich bin an der Sache dran. Genau genommen stehe ich kurz vor dem Durchbruch. Angst vor einem albernen Fluch? Ich nicht! An so was glaube ich nicht. Aber Arthur schon.« Tony hielt erneut inne und seine Stimme wurde jetzt zu einem Flüstern. »Ich habe Hinweise, dass Arthur, nachdem er den Gral gestohlen hatte, zu große Angst bekam, um ihn zu behalten. Was also hat er gemacht? Er schlich sich damit zurück zum Palast. Und dort hat er ihn irgendwo versteckt, in der Hoffnung, so dem Fluch ein Ende zu bereiten. Das war allerdings nicht der Fall. Arthur starb, ohne irgendjemandem zu verraten, wo der Gral versteckt war.«

Tony warf einen Blick auf die Uhr und seine Nervosität kehrte zurück. »Und nun sitze ich hier, achtzig Kilometer vom Palast entfernt, und die Uhr tickt.« Er betrachtete die schnarchenden Schafe. »Was jetzt kommt, solltet ihr euch anhören. Es geht um Tiere.«

Will ließ ein leises schnaufendes »Mäh« ertönen und drehte sich im Schlaf um. Die anderen schnarchten und schnaubten unbeeindruckt weiter.

»Nachdem Arthur den Gral gestohlen hatte, war Bartholomäus am Boden zerstört. Er wollte nicht länger in dem Palast leben. Er ging mit seiner Tochter Mathilde nach Amerika und seitdem hat man nie mehr von ihnen gehört. Sie müssen mittlerweile beide gestorben sein. Aber bevor er wegzog, überließ Bartholomäus das gesamte Anwesen mit den noch bestehenden Schlossgebäuden der örtlichen Stadtverwaltung. Es gab große Pläne, den Palast wieder aufzubauen, ihn zu einem Museum zu machen, eine Schule zu gründen … blablabla … Natürlich ist nichts davon passiert. Und das Dach des Schlosses brach ein, sodass es hineinregnete und die meisten Mauern verfielen. Vor zehn Jahren schließlich beschloss der Stadtrat, das Grundstück an *Die Bürobau-Profis* zu verkaufen. Das Land *verkaufen*, das man ihnen vor neunzig Jahren *geschenkt* hat! Als hätten wir nicht schon genug Büroklötze. Jedenfalls hieß es, dass das Gelände als Stadtfarm genutzt werden dürfe, bis alle rechtlichen Dinge geregelt sind. Zehn Jahre haben sie dafür gebraucht. Natürlich haben die Leute die Farm im Laufe der Zeit lieb gewonnen. Sie hängen daran. Aber jetzt haben die Erbsenzähler von Anwälten alle Details geregelt und die Kaufverträge sind fertig und das war's. Wir können nichts tun. Ende der Woche rücken die Bagger an. Wenn ich bis dahin den Goldenen Gral nicht finde, wird er unter tausend Tonnen Beton begraben.« Tony betrachtete die schlafenden Schafe und kam sich mit einem Mal sehr albern vor. Dann zuckte er mit den Schultern und lächelte. »Danke fürs Zuhören, Leute.«

Als Tony aus dem Wagen kletterte, klingelte sein Handy. Er wandte sich ab und nahm das Gespräch an.

»Aaaarrrggh …!«

Der erneute Schrei des erdrosselten Vogel Strauß schreckte die Schafe aus dem Schlaf.

»Der Abschleppwagen hat eine Panne«, rief Tony. »Er kommt nicht vor morgen früh!«

»Was sagt er?«, fragte Oxo.

»Ich glaube, wir sitzen hier bis morgen fest«, erklärte Will.

»Na schön«, sagte Oxo entschlossen. »Ich besorge mir jetzt ein Abendessen.«

Er sprang von der Ladefläche und steuerte den Grünstreifen am Straßenrand an. Seine Freunde folgten.

Tony geriet in Panik und fuchtelte mit den Armen. »Lauft nicht weg, lauft nicht weg! Bitte, bitte, bitte …«

Die Schafe schenkten ihm keine Beachtung. Sie senkten die Köpfe und rupften Gras.

Sally begann kauend, vor sich hin zu murmeln.

»Gral … Gral … Saal … Wahl … Wal … Tal …«

»Alles in Ordnung mit dir, Sally?«, fragte Jasmine.

»Mal, Aal, Zahl …«, fuhr Sally fort.

»Klingt so, als würde sie nach einem Reim suchen«, mutmaßte Linx. »Dafür bin ich zuständig.«

Aber Sally war in ihrer eigenen Welt. »Pfahl, fahl, kahl …«

»Jetzt ist sie endgültig von der Rolle«, stellte Oxo fest.

»Ich denke, wir sollten sie zurück in den Transporter bringen«, schlug Will vor.

Tony hatte schon die Rampe heruntergeklappt. Die Dämmerung zog herauf. Autos und Lastwagen rauschten an ihnen vorüber. Eine gefährliche Situation. Tony war in großer Sorge.

»Rein mit euch, Leute, na kommt! Bitte, bitte, bitte …«

Zu seiner Verblüffung und Erleichterung trotteten die Schafe die Rampe hinauf. Tony schloss eilig die Türen zum Laderaum. Sein Telefon klingelte erneut.

»Tony? Hier ist Dilly.«

»Und Daisy.«

Dilly und Daisy waren Zwillinge, die vor ein paar Wochen auf der Farm aufgetaucht waren und angeboten hatten mitzuhelfen. Sie wollten einfach nur gern mit Tieren arbeiten und verlangten kein Geld dafür. Die Schwestern sahen gleich aus, dachten das Gleiche und manchmal beendete die eine den Satz der anderen.

»Wo steckst du?«

»Irgendwo im Nirgendwo«, antwortete Tony. »Der Lieferwagen hat eine Panne.«

»Oje!«, sagte Dilly.

»Wie furchtbar!«, sagte Daisy.

»Ich bin erst morgen früh zurück.«

»Oje!«, sagte Daisy.

»Wie furchtbar!«, sagte Dilly.

Tony stieß einen Seufzer aus. »Kommt ihr allein auf der Farm zurecht?«, fragte er. »Oder soll ich versuchen, Nisha zu erreichen, damit sie vorbeikommt und euch hilft?«

»Oh, das ist nicht nötig«, sagte Dilly.

»Wir kommen klar«, fügte Daisy hinzu.

»Danke, ihr zwei«, antwortete Tony. »Ich weiß nicht, was ich ohne euch tun würde.«

»Wir helfen gern«, erklärte Daisy.

»Das ist das Beste überhaupt«, erklärte Dilly.

Tony wünschte ihnen eine gute Nacht. Er war jetzt etwas beruhigter und kletterte in die Fahrerkabine. Es war gut zu wissen, dass zwei Menschen, denen er vertraute, sich um die Farm kümmerten.

Auf der Stadtfarm grinsten Dilly und Daisy einander an und schlugen triumphierend die Fäuste gegeneinander.

»Perfekt!«, riefen sie gleichzeitig.

Dilly steckte das Handy ein und Daisy holte eine Taschenlampe hervor. Sie richtete die Lampe auf ein paar alte Schuppen und einen Wohnwagen, den man auf der anderen Seite des Hofs vage in der Dunkelheit ausmachen konnte. Der Lichtkegel fiel auf das Plastikschild über der Wohnwagentür:

TONY MAXWELL, FARM-VERWALTER

»Bereit?«, fragte Daisy.

»Bereit«, antwortete Dilly.

Sie rannten über den dunklen, stillen Hof, an den Pferchen und Koppeln mit den schlafenden Tieren vorbei und blieben dann einen Augenblick vor Tonys Wohnwagen stehen. Es herrschte vollkommene Stille.

Eine Minute später standen sie drinnen. Die mickrige Fensterverriegelung hatte sich mühelos mit dem Schraubenzieher öffnen lassen, den Dilly mitgebracht hatte.

Der Raum war nicht groß, trotzdem bereitete ihnen die Suche ein hartes Stück Arbeit, denn er war vollgestopft mit allem möglichen Kram. Tony fiel es schwer, etwas wegzuwerfen. Und wegen seiner derzeitigen Geschichtsbesessenheit stapelten sich überall Bücher, Zeitschriften und Zeitungen. Außerdem gab es noch zwei Laptops, einen Drucker und mehrere Kilometer Kabel.

Es bedurfte einiger Zeit und jeder Menge Hin- und Hergeschiebe, bis die Zwillinge endlich fanden, was sie suchten. Dilly lag bäuchlings vor dem Bett auf dem Boden und streckte den Arm nach einer kleinen Plastikdose aus, die sie gerade so mit den Fingerspitzen erreichte. Sie zog sie hervor und setzte sich auf. Daisy richtete den Lichtkegel der Lampe auf die Dose.

»Na?«, flüsterte sie mit gerümpfter Nase.

»Na?«, flüsterte Dilly und rümpfte ebenfalls die Nase.

Sie nickten einander aufgeregt zu. Die alte Eiscremedose war fast bis zum Rand mit Essig gefüllt. Rostsplitter und Schmutz schwammen in der säuerlich riechenden Flüssigkeit. Und auf dem Boden der Dose lag ein Schlüssel. Ein kleiner, leicht verbogener, sehr alter und rostiger Schlüssel.

Die Zwillinge lächelten einander an.

»Das muss er sein«, sagte Dilly und vergaß ganz zu flüstern. »Der Schlüssel, den er ausgegraben hat.«

Aber Daisy hörte ihr nicht mehr zu. »Was war das?«

»Was war was?«

»*Das.*« Daisy erstarrte und riss die Augen auf. Ihr Mund stand leicht offen.

Beide lauschten. Da war es wieder.

Bäng … Bäng … Bäng …

»Tony kann noch nicht zurück sein«, erklärte Daisy.

»Nein. Aber wir verschwinden besser von hier«, schlug Dilly vor. »Durch die Tür sind wir schneller.«

»Durch die Tür, ja«, drängte Daisy.

Sie entriegelten die Tür und glitten hinaus, dann schlossen sie sie lautlos hinter sich.

Bäng … Bäng … Bäng …

Die Mädchen blieben wie angewurzelt auf der obersten Stufe vor dem Wohnwagen stehen, klammerten sich aneinander und starrten ängstlich in die dunkle Nacht.

Bäng ... Bäng ... Bäng ...

»Das kommt von da drüben«, wisperte Dilly.

»Vom Fluss?«, hauchte Daisy.

Dilly spähte in die Dunkelheit. »Aber da ist niemand.«

»Absolut niemand«, stimmte Daisy zu.

Bäng ... Bäng ... Bäng ...

Die Zwillinge schauten erst einander, dann die Dose an, die sie umklammert hielten. Und beiden schoss derselbe Gedanke durch den Kopf: *Der Fluch des Goldenen Grals!*

Der Heilige Kübel

Tony machte in dieser Nacht kaum ein Auge zu. Es war kalt und unbequem in der Fahrerkabine und er machte sich nach wie vor Sorgen. Seine Gedanken kreisten um den Schlüssel. Er hätte ihn mitnehmen sollen. Er hätte ihn nicht im Wohnwagen zurücklassen dürfen.

Bei seiner Abfahrt erschien ihm das am vernünftigsten. Der Fund gestern Morgen war ein unglaublicher Glücksfall gewesen. Er hatte nicht einmal nach dem Schlüssel gesucht, sondern lediglich Karotten in seinem Gemüsegarten geerntet und da lag er. Aber Tony wusste augenblicklich, dass der Schlüssel von ungeheurer Wichtigkeit war. Bewies er nicht, dass seine Theorie stimmte? Mit einem Stückchen rostigen Drahts war ein ungefähr fünf mal fünf Zentimeter großes Schildchen daran befestigt. Der Anhänger bestand aus einem groben Stoff, der völlig verschmutzt und vor Alter ganz starr war. Aber die darauf gekritzelten Worte konnte man noch lesen:

Finder, Dir gelingt nicht, was mir nicht gelang,
sei gewarnt, der Schlüssel war mein Untergang.
Arthur Upton

Also *hatte* Arthur den Gral zum Palast zurückgebracht, ihn versteckt und den Schlüssel weggeworfen. Jetzt musste Tony nur noch die Tür zu dem Schlüssel finden. Aber weil dieser rostig und brüchig war, hatte Tony ihn in Essig eingelegt, um dann schnell nach Eppingham zu fahren und Todd und Ida abzuholen. Mit Essig konnte man fast alle Materialien von Rost befreien. Nur leider war gar nichts schnell gegangen. Und jetzt saß er hier am Rand der Autobahn fest und der Schlüssel befand sich achtzig Kilometer von ihm entfernt – in einer Dose mit Essig unter seinem Bett.

Zum hundertsten Mal ermahnte sich Tony: Hör auf, dir Sorgen zu machen! Dem Schlüssel würde nichts passieren. Wer außer ihm sollte danach suchen? Außerdem war das Farmgelände ohnehin ein sicherer Ort, dafür sorgten Daisy und Dilly.

Sally fand ebenfalls keinen Schlaf. In ihr brodelte etwas und das war nicht nur das Gras vom Vortag.

Plötzlich richtete sie sich auf und begann zu jammern. Aus dem Jammern wurde ein lautes, klagendes Blöken, das von den Wänden des Laderaums zurückgeworfen wurde.

»Sagt köstlichem Heu und Stroh Lebewohl,
Vergesst den Wirsing und den Kohl.

In finst'rer Gefahr gilt es, nicht zu verzagen,
Ihr seid berufen und dürft nicht versagen.
Holt euch das Gold, wider allem Übel,
Gebt euer Bestes, findet den Heiligen Kübel!«

»Ach du grüner Widder«, ächzte Oxo und öffnete ein Auge. »Ich *wusste,* dass sie irgendwas ausbrütet ...«

»Jo, *Ballade vom Vlies,* die einmillionste Strophe«, nuschelte Linx schläfrig.

»Nicht die einmillionste«, widersprach Sally scharf. »Strophe dreihundertzwanzig.«

»Nicht jetzt, Sally«, stöhnte Jasmine. »Wir sind im Urlaub. Ich möchte gut aussehen bei der Ankunft.« Jasmine schätzte es gar nicht, wenn man ihren Schönheitsschlaf störte.

Will schüttelte sich, um munter zu werden. Jeder Versuch, Sally aufzuhalten, war zwecklos, wenn sie in die Stimmung geriet, aus der Ballade vorzutragen. »Kommt, Leute, gebt ihr eine Chance«, sagte er mit einem herzhaften Gähnen. »Sie irrt sich nie.«

»Danke, Will«, erwiderte Sally. »Obwohl das nicht ganz richtig ist. *Ich* irre mich oft.« Sie funkelte die anderen Schafe an. »Aber die *Ballade vom Vlies* –«

»Irrt sich nie«, beendeten die übrigen im Chor ihren Satz.

Sally schaute die anderen noch einen Augenblick eindringlich an, dann räusperte sie sich und wiederholte die letzten Zeilen.

»Holt euch das Gold, wider allem Übel,
Gebt euer Bestes, findet den Heiligen Kübel!«

»Und was genau soll das sein?«, erkundigte sich Jasmine mit einem Naserümpfen.

»Ein Eimer, oder nich'?«, sagte Linx. »Ein Kübel ist ein Eimer.«

»Also sollen wir herumrennen und nach einem Eimer suchen?«, fragte Oxo. Er rümpfte ebenfalls die Nase. »Nicht ganz das Gleiche wie Lord Aries, den Widder der Widder, vor dem Untergang zu bewahren, was? Oder das Monster Teufelszunge fertigzumachen. Oder Dracheneier in die Luft zu sprengen. Sogar das Lamm Tuftella vor dem letzten Donnerschlag zu retten, war da noch eine andere Liga – ich meine, ich bitte euch … ein Eimer!«

Sally reckte den Kopf noch höher und schloss die Augen.

»Es ist der größte Kübel, den man je gesehen,
Seine Macht, seine Pracht wird nie vergehen.
Ein Schluck daraus wirkt sagenhaft,
Er schenkt euch Geist und Körperkraft,
Adelt euch als Beste der Besten alsdann,
Und auf euren Hufen und Hörnern ruhen fortan
Die Ehre und Pflicht des Kriegerrechts
Für Friede und Freiheit des Schafgeschlechts …«

Sally senkte den Kopf. Es folgte Schweigen.

Oxo war der Erste, der es brach. »Ähm, also, wenn wir aus diesem Eimer trinken –«

»Kübel«, unterbrach ihn Sally.

»Schön, Kübel. Wenn wir aus diesem Kübel trinken, werden wir … etwas Besonderes?«

»Sogar etwas *ganz* Besonderes, Oxo«, bekräftigte Sally. »Verbunden mit der Pflicht, für alle Zeiten die Schafheit zu verteidigen.«

Oxo schaute in die Runde der seltenen Rasseschafe, dann zuckte er mit den Schultern. »Immer her damit!«, sagte er. »Gleich nach dem Frühstück.«

Darauf musste er nicht lange warten. Unvermittelt schwangen die Türen zum Laderaum auf und die Morgensonne flutete herein, sodass die Schafe blinzeln mussten. Draußen stand Tony und hielt einen Stapel Plastikbehälter mit verschiedenen Salaten im Arm.

»Das Beste, was ich kriegen konnte«, erklärte er. »Ich war im nächstgelegenen Laden.« Er nahm die Plastikdeckel ab und stellte die Schälchen vor die Schafe auf den Boden. »Ich weiß nicht, ob ihr den Fetakäse und die Oliven mögt, aber der Rest sollte okay sein.«

Ein Hupen ließ ihn zusammenzucken und er fuhr herum. Dann stieß er einen Seufzer der Erleichterung aus.

»Das ist der Pannendienst!« Er schlug die Türen wieder zu.

Oxo beäugte die Salate vor seinen Hufen. »Es ist mir ein Rätsel, warum Menschen Futter in diese dämlichen kleinen

Töpfe packen«, sagte er. »Was spricht gegen einen ordentlichen Trog, in den man seinen Kopf stecken kann?« Und er senkte die Schnauze und schnappte sich ein Maulvoll von dem Salat mit roter Paprika und Ziegenkäse.

Draußen ging der Mechaniker zügig und patent ans Werk. Er öffnete die Kühlerhaube und begutachtete den Motor.

»Es liegt an der Motorgetriebeschwungradfeder«, erklärte ihm Tony.

»Nee, mein Freund«, entgegnete der Mechaniker. »Es liegt *daran.*« Er steckte seinen Arm tief in den Motorraum und zog einen großen Klumpen Stroh und Federn heraus. »Das ist nicht der richtige Platz, um deine Hühner brüten zu lassen.«

Er machte sich an die Arbeit und entfernte sämtlichen Dreck und Mist, dann reinigte er alle Motorteile, die gereinigt werden mussten. Tony schaute ihm dabei über die Schulter und grübelte, wann er bloß die Kühlerhaube aufgelassen hatte. Er hoffte, dass es nicht zu lange dauerte, bis der Motor sauber war.

»Hast du keine Freunde, mit denen du ein bisschen am Telefon quatschen kannst?«, fragte der Mechaniker spitz. »In der Fahrerkabine. Während ich hier meine Arbeit mache.«

Tony verstand den Wink mit dem Zaunpfahl, kletterte auf den Fahrersitz und rief die Zwillinge an.

Daisy und Dilly saßen vor ihrem Wohnwagen und beendeten gerade das Frühstück. Die Sonne schien und sie hatten sich von dem Schreck der vergangenen Nacht erholt.

»Das muss die Kuh gewesen sein. Bestimmt ist sie im Stall gegen irgendwas gerumpelt«, vermutete Daisy.

»Oder der Ziegenbock«, überlegte Dilly. »Der poltert auch herum.«

»Wie albern von uns, oder?«, sagte Daisy. »Zu glauben, das sei der Fluch.«

»Sehr albern«, bekräftigte Dilly. »Es *gibt* keinen Fluch. Auf dem Goldenen Gral liegt jedenfalls keiner. Der Fluch ist nur so eine Geschichte, die Leute abschrecken soll.«

»Aber es *gibt* den Goldenen Gral«, sagte Daisy und bestrich eine Scheibe Toast mit Butter.

»Allerdings«, stimmte Dilly zu und tat einen Löffel Zucker in ihren Kaffee. »Arthur Upton hat ihn irgendwo versteckt. Und *wir* werden ihn finden!«

»Dank des lieben Tony«, sagte Daisy und streichelte den kleinen Schlüssel, der zwischen den Zwillingen auf dem Tisch lag.

Sie hatten ihn aus dem Essigbad gefischt und behutsam den Rost abgerieben. Das Metall war stumpf und ein Ende leicht verbogen, aber er sah jetzt immerhin so aus, als ließe sich damit tatsächlich ein Schloss öffnen.

Dilly streichelte ebenfalls den Schlüssel. »Dank des lieben Tony.«

Beide lächelten zuckersüß.

»Jetzt müssen wir nur noch die richtige Tür finden«, erklärte Daisy, während sie aufstand und sich die Krümel von der Jeans strich.

Dilly stand ebenfalls auf und strich sich die Krümel von ihrer Jeans. »Bevor Tony zurückkehrt.«

Daisy steckte den Schlüssel in die Tasche. »Bevor Tony zurückkehrt.« Ihr Telefon klingelte und sie warf einen Blick auf die Nummer, die das Display anzeigte. »Ach, sieh mal, wer da anruft …«

»Alles in Ordnung?«, erkundigte sich Tony, als Daisy das Gespräch annahm.

»Aber ja«, antwortete Daisy.

»Bestens«, ergänzte Dilly.

»Wo steckst du jetzt, Tony?«, fragte Daisy.

»Immer noch auf der Autobahn?«, fragte Dilly.

»Jep. Aber es sollte bald weitergehen. Ich kann allerdings nicht genau sagen, um wie viel Uhr ich zurück bin.«

»Keine Sorge«, erwiderte Dilly.

»Wir haben einen schönen Pferch für die Schafe vorbereitet«, sagte Daisy.

»Ihr seid einfach großartig«, antwortete Tony. »Alle beide.«

»Aaach …«, sagte Daisy.

»… wie süß von dir«, sagte Dilly.

Tony saß in der Fahrerkabine, trommelte mit den Fingern und kaute auf seinen Fingerknöcheln herum, bis der Mechaniker mit seiner Arbeit fertig war und überprüft hatte, dass der Motor wieder lief.

»Bis nach Hause solltest du es schaffen«, sagte er. »Und falls du es nicht bemerkt hast, der Tank ist fast leer.«

Das hatte Tony nicht bemerkt. Er fuhr langsam wieder auf die Autobahn und steuerte die nächste Tankstelle an.

Der Mechaniker sah ihm nach. »In diesem Job trifft man schon merkwürdige Vögel«, murmelte er kopfschüttelnd. Dann tätschelte er die sechs frischen Eier, die er sorgfältig in einem Bett aus Stroh in seiner Werkzeugkiste verstaut hatte. »Jedenfalls komme ich so zu einem schönen Frühstück.«

Tony tankte an einer Raststätte, eilte in den Laden, um zu zahlen, und blieb wie angewurzelt im Türrahmen stehen. An der Wand hinter der Theke befand sich ein Fernsehbildschirm und er zeigte in Großaufnahme Nishas Gesicht. Sie sprach in ein Mikrofon, auf dem »Öko-TV« stand.

»Nun, wie wir alle wissen, ist heute der Auftakt zu den Familien-Spaß-Spielen in London«, verkündete sie. »In den Straßen drängen sich bereits die Menschen und einige größere Verkehrswege wurden gesperrt. Also, machen Sie sich auf zeitraubende Staus gefasst, falls Sie heute Morgen in die Londoner Innenstadt möchten.«

Tonys Herz, das schneller geklopft hatte beim Anblick von Nisha, beruhigte sich wieder. Er ging zur Kasse.

»Und nach einer kurzen Pause unterhalte ich mich mit dem Ehepaar, das diese außergewöhnlichen Spiele überhaupt ermöglicht hat: Max und Mandy Speedwell. Begleiten Sie mich dabei.«

»Das würde ich liebend gern tun«, sagte Tony laut und vergaß völlig, wo er sich befand. »Aber ich habe den Laderaum voller Schafe und einen Schlüssel unter dem Bett.«

Die Frau an der Kasse zog die Augenbrauen hoch. »Das macht dann dreißig Pfund für das Benzin, bitte«, sagte sie.

Tony errötete, kramte in seiner Tasche nach dem Geld und bemerkte dann den Eimer mit Blumensträußen auf dem Tresen. »Ich nehme auch noch ein paar Blumen.«

»Wie viele Sträuße wollen Sie?«, fragte die Frau.

»Äh … alle«, antwortete Tony. »Jep, ich nehme alle.«

Nisha Patel und ihr Kameramann traten im fünfzigsten Stock aus dem Aufzug.

Sie befanden sich in der obersten Etage des Speedwell-Turms. Das brandneue Büro- und Apartmentgebäude mit seiner glänzenden Fassade stand in den Londoner Docklands, dem ehemaligen Hafenviertel. Nisha warf einen Blick aus der riesigen Fensterfront neben dem Aufzug. Weit unter ihnen schlängelte sich die Themse. Die Tower Bridge und der Tower selbst wirkten winzig wie Spielzeuggebäude. Hinter ihnen öffnete sich die Tür zu dem Apartment und ein schlanker, smarter junger Mann mit sauber getrimmtem Bart trat heraus.

»Nisha Patel?«

»Ja, das bin ich«, antwortete Nisha strahlend.

»Ich bin Jeremy, Mr und Mrs Speedwells persönlicher Assistent.« Er rang sich zu einem geschäftsmäßigen Lächeln durch und bat sie mit einem Nicken herein. »Die beiden sind im Fitness-Bereich.«

Der Fitness-Bereich war Teil des weitläufigen modernen

Wohnraums. Es gab ein Laufband, ein Rudergerät und Gewichte. Außerdem standen dort zwei Heimtrainer nebeneinander und darauf saßen die Speedwells. Sie trugen im Partnerlook: kurze Sporthosen, T-Shirts und Turnschuhe der Marke Speedwell. Max und Mandy waren ein – leicht verschwitztes – fröhliches, sonnengebräuntes Paar mittleren Alters. Sie traten weiter in die Pedale, während Nisha und ihr Kameramann zu ihnen kamen.

»Hi«, keuchten Max und Mandy. »Schön, dass Sie da sind.«

»Guten Morgen«, grüßte Nisha. »Können wir anfangen?«

»Legen Sie los«, sagte Max.

Nisha nickte dem Kameramann zu und sprach in ihr Mikrofon. »Also, was hat Sie auf die Idee gebracht, die Familien-Spaß-Spiele ins Leben zu rufen und so großzügig zu sponsern?«

Sie streckte Mandy das Mikrofon hin, die daraufhin aufhörte zu strampeln und bescheiden mit den Schultern zuckte. »Wir sind Familienmenschen und finden das Familienleben wunderbar. Es ist unser aufrichtiger Wunsch, Familien glücklich zu machen.«

»Und jede Menge Speedwell-Trainingsanzüge und Laufschuhe zu verkaufen«, fügte Max glucksend hinzu.

»Schnitt!«, rief Jeremy. Alle drehten sich zu ihm um. »Vielleicht lassen wir die letzte Bemerkung besser weg, Mr Speedwell?«, sagte er.

»Was genau? Die Laufschuhe?«

»Und die Trainingsanzüge.«

»Ich wollte nur ehrlich sein.«

»Das ist nicht immer ein guter Ansatz, Mr Speedwell.« Jeremy wandte sich kopfschüttelnd ab.

Max schaute Mandy an.

»Tu, was er sagt«, riet Mandy ihrem Mann. »Dafür bezahlen wir ihn.«

»Na schön«, lenkte Max achselzuckend ein. »Klappe, die zweite.«

Also begann Nisha ihr Interview noch einmal von vorne und Max sprach nur darüber, Familien glücklich zu machen. Und etwas für ihre Gesundheit zu tun. Und darüber, ihnen Gelegenheit zu geben, wie echte Athleten um eine Goldmedaille zu kämpfen, auch wenn nicht jeder ein Spitzensportler sein konnte.

Als er fertig war, rief er in Richtung einer geschlossenen Tür: »Stanley? Stan! Komm rein und sag Hallo. Stan!«

Die Tür öffnete sich schließlich und ein Junge von ungefähr zwölf Jahren tauchte auf. Er hatte helles Haar, ein blasses Gesicht und war von Kopf bis Fuß in teure Designerklamotten gekleidet. In der Hand hielt er den neuesten i-Pad.

»Hi, Stanley«, grüßte ihn Nisha. »Hast du Lust, dich ein bisschen mit uns von Öko-TV zu unterhalten?«

»Nein«, erwiderte Stanley. »Das ist langweilig.«

Nisha lächelte weiter. »Willst du uns nicht etwas über deine Ziele bei den Wettkämpfen erzählen?«

Stanley schüttelte den Kopf und starrte auf das Spiel, das er gerade auf seinem i-Pad spielte.

»Er ist ein wenig schüchtern«, erklärte Mandy. »Aber er nimmt an jeder Menge Wettkämpfen teil, nicht wahr, Stan?«

»Was weiß ich«, nuschelte Stanley, der sich auf das Sofa gefläzt hatte, ohne aufzuschauen.

»Er ist gemeinsam mit seinem Vater beim Eröffnungsrennen dabei«, fuhr Mandy fort. »Dem Einkaufswagen-Sprint.«

Nisha lachte. »Ach ja, der Einkaufswagen-Sprint. Das klingt großartig. Verraten Sie uns ein bisschen mehr darüber?«

»Noch nicht«, gluckste Max. »Aber es wird ein großer Spaß. Stan findet die Idee ziemlich uncool, aber es wird ihm gefallen, wenn er erst mal mit Schieben an der Reihe ist.«

»Ja«, stimmte Mandy zu und stieß ihren Mann in die Rippen. »Ich habe schon immer gesagt, du hast nicht alle Schrauben am Wagen.«

Die beiden brachen in gackerndes Gelächter aus. Nisha stimmte mit ein. Sie hatte schon viele einflussreiche und sehr reiche Menschen für Öko-TV interviewt, aber noch niemand war so sympathisch und freundlich gewesen wie dieses Ehepaar. Sie warf Jeremy einen Blick zu, der noch immer missbilligend den Kopf schüttelte.

Tonys Lieferwagen näherte sich London, aber es herrschte so viel Verkehr auf den Straßen, dass er nur noch im Schneckentempo vorankam. Tausende von Menschen waren auf dem Weg zu den Familien-Spaß-Spielen. Und alle schienen dieselbe Strecke zu fahren wie Tony.

»Ja, ja, lauter glückliche Familien!«, knurrte er ärgerlich.

Dann fiel ihm ein, dass er sich am meisten wünschte, selbst Teil einer glücklichen Familie zu sein. Mit Nisha. Und er lächelte im Rückspiegel der Familie im Wagen hinter ihm zu. Er bemühte sich, weiter zu lächeln, als der Verkehr komplett zum Erliegen kam. Sein Handy klingelte und da er ganz offensichtlich in den nächsten Minuten keinen Meter vorwärtskommen würde, nahm er den Anruf an.

»Hallo? Daisy?«

»Ja, ich bin's«, sagte Daisy.

»Und ich«, sagte Dilly.

»Wir möchten dich ja nicht beunruhigen, Tony«, sagte Daisy.

»Aber da ist eine merkwürdige Frau auf der Farm aufgetaucht«, fuhr Dilly fort.

»Sehr merkwürdig sogar. Und sie will mit dir sprechen.«

Der Einkaufswagen-Sprint

Tony musste einen Augenblick warten, dann hörte er eine ihm unbekannte Stimme.

»Hallo, Tony. Hier spricht Lulu. Lulu Moorbank. Und ich bin eigentlich gar nicht merkwürdig. Ehrlich. Ich mache mir nur aufrichtige Sorgen um die Stadtfarm und um ihre Zukunft.«

»Oh. Ach ja?«, antwortete Tony erschöpft. Sein Blick schweifte über den stehenden Verkehr vor und hinter ihm. Die Leute stellten nach und nach die Motoren ab und stiegen aus, um sich die Beine zu vertreten.

»Ja«, sagte die Stimme, die Lulu gehörte. »Ich weiß, du hast alle Hände voll zu tun mit der Farm und nicht viel Zeit, um eine Protestveranstaltung zu organisieren, aber ich dachte, vielleicht ist es dir recht, wenn ich dich darin unterstütze?«

»Eine Protestveranstaltung organisieren?«, fragte Tony matt nach.

»Ja. Wir haben zwar nur bis Ende der Woche Zeit, weil

dann die Planierraupen anrücken, aber einen Versuch ist es wert. Selbst wenn wir die Sache nur um ein paar Wochen hinauszögern, würde das schon helfen. Die Leute vom Stadtrat bekommen womöglich ein schlechtes Gewissen und stellen der Farm ein neues Grundstück zur Verfügung.«

Die Sache ein paar Wochen hinauszögern! In Tonys Hirn machte es plötzlich *klick*. Natürlich: Eine Protestveranstaltung könnte die Sache hinauszögern! Warum hatte er daran nicht selbst gedacht? Wenn er ein bisschen mehr Zeit hätte, würde er den Goldenen Gral ganz sicher finden und könnte ihn verkaufen. Und mit dem Geld könnte er das Grundstück erwerben und die Farm wäre gerettet!

»Tony? Bist du noch da?« Lulu klang verwirrt.

»Ja«, antwortete Tony. »Ich habe nur nachgedacht … Gut, warum nicht? Leg los. Sag Daisy und Dilly, dass ich einverstanden bin.«

»Super!«, rief Lulu aus. »Ich wusste, du würdest die Idee gut finden. Bis bald!«

Tony überdachte ein paar Minuten diese unerwartete Wendung der Ereignisse. Dann erinnerte er sich an die Schafe im Laderaum. Die Luft wurde sicher schon stickig dahinten. Er stieg steifbeinig aus und öffnete die hinteren Türen einen Spaltbreit, um frische Luft in den Laderaum zu lassen. Die Schafe schauten hoffnungsvoll auf, aber Tony hatte keine weiteren Behälter mit Salat dabei, sondern winkte ihnen nur kurz zu.

Er ließ den Blick über den langen Stau schweifen und

fragte sich, warum der Verkehr an der Kreuzung vor ihnen so völlig zum Erliegen gekommen war. Sein Transporter befand sich ungefähr an zehnter Stelle in der Schlange und hinter ihm folgten noch Dutzende weiterer Autos. Mittlerweile stiegen überall die Leute aus und hasteten an ihm vorbei zur Kreuzung. Tony reckte den Kopf, um herauszufinden, was dort los war. Ein Absperrband riegelte die Zufahrt zur Kreuzung ab und Ordner in roten Warnwesten mit dem Aufdruck FAMILIEN-SPASS-SPIELE auf dem Rücken sorgten dafür, dass niemand passierte. Die Querstraße dahinter war völlig auto- und menschenleer.

»Wollen Sie nicht auch zusehen?«, fragte eine junge Frau im Vorbeilaufen. »Dort findet gleich der erste Wettkampf statt. Der Einkaufswagen-Sprint.«

»Nein«, seufzte Tony. »Ich warte hier.«

»Vielleicht kommen wir ins Fernsehen«, rief eine andere Frau. »Öko-TV überträgt das Rennen.«

Tony spürte, wie seine Ohren rot wurden bei der Erwähnung von Öko-TV. Nisha würde womöglich die Teilnehmer interviewen. Er schnappte sich einen der Blumensträuße aus der Fahrerkabine und bahnte sich einen Weg durch die Menge. Die Schafe hatte er vergessen.

Im Laderaum begann Oxos Nase zu zucken. Er roch Gras, da war er sich sicher. Er stieß gegen die Türen und die schwangen auf. Ja, seine Nase hatte recht. Der Geruch war schwach, aber unverwechselbar. Irgendwo da vorne gab es Gras.

»Ich bin dann mal weg«, rief er und sprang von der Ladefläche. »Hat noch jemand Hunger?«

Alle waren hungrig. Die winzigen Salatportionen in den Plastikbehältern hatten keinen ihrer vielen Mägen zufriedengestellt. Die übrigen Schafe sprangen ebenfalls auf die Straße.

Oxo hob den Kopf und schnüffelte. »Hier lang«, verkündete er und marschierte zielstrebig auf die Kreuzung zu.

Die Augen der Leute entlang der Absperrung waren nach links gerichtet, um einen ersten Blick auf die Wettkampfteilnehmer zu erhaschen. Und auf Nisha Patel.

Nisha trug einen Trainingsanzug und das Haar zum Pferdeschwanz gebunden. Leichtfüßig joggte sie neben der Spitze des Teilnehmerfelds her. Die Familie, die in Führung lag, steuerte die Kreuzung an. Die Ziellinie lag noch ein Stück dahinter. Alle Familienmitglieder trugen T-Shirts mit dem Aufdruck »TEAM SMITH« und sie rannten ziemlich schnell, wenn man bedachte, dass der Vater einen Einkaufswagen schob, der mit Lebensmitteln und Haushaltsartikeln voll beladen war.

Nisha hielt Vater Smith ihr Mikrofon unter die Nase. »Also, John, es sieht ganz so aus, als würden Sie das Rennen gewinnen. Haben Sie viel für den heutigen Tag trainiert?«

»Oh ja«, antwortete John Smith unter heftigem Keuchen. »Wir haben uns einen Einkaufswagen von dem Supermarkt bei uns in der Nähe geliehen und wochenlang auf dem Parkplatz Runden gedreht.«

Nisha streckte jetzt der Frau, die neben John lief, das Mikrofon hin. »Und Sie wechseln sich beim Schieben ab, richtig?«

Die Frau nickte. »So lauten die Regeln. Es soll eine gemeinsame Anstrengung der ganzen Familie sein. Ich habe die erste Etappe übernommen. Dann kam Jamie«, sie deutete mit einer Kinnbewegung auf einen ungefähr zehnjährigen Jungen, der neben ihr rannte. »Und Emma ist das letzte Stück bis zum Ziel dran.« Sie nickte in Richtung eines Mädchens von etwa zwölf Jahren, das vor ihr lief.

»Ich übernehme den Endspurt, sobald wir die Kreuzung erreichen«, rief Emma. »Los, Dad! Schneller!«

»Na dann, viel Glück!«, wünschte Nisha und ließ sich zurückfallen, um die Familie zu interviewen, die an zweiter Stelle lag.

Mittlerweile sprangen die Zuschauer entlang der Straße begeistert auf und ab und feuerten die Teilnehmer an.

»Vorwärts, Team Smith!«, schrien sie. »Vorwärts! Nicht nachlassen!«

Tony hatte sich bis zu der Menschenansammlung am Absperrband vorgedrängelt, ohne zu ahnen, dass sich hinter ihm fünf Schafe ebenfalls durch die Menge schoben.

Zwischen dem wogenden Meer an Köpfen erhaschte Tony plötzlich einen Blick auf Nisha und seine Wangen wurden so rot wie seine Ohren. Er wartete, bis Nisha sich fast auf der Kreuzung befand, dann duckte er sich unter dem Absperrband hindurch und rannte auf sie zu.

»Ich hab dir Blumen mitgebracht!«, rief er und streckte ihr den Strauß entgegen. »Die sind allerdings nur von der Tankstelle – später besorge ich dir schönere.«

Nisha war so überrascht, dass sie einen Moment lang stehen blieb.

»Oh, die sind hübsch«, sagte sie und nahm den Blumenstrauß. »Aber … aber …« Sie setzte sich wieder in Bewegung. Tony joggte neben ihr her.

»Da gibt es etwas, was ich dich fragen will«, fuhr Tony fort, als sie die Kreuzung erreichten. »Etwas sehr Wichtiges.«

Doch weiter kam er nicht. Denn jetzt tauchte Oxo unter dem Absperrband auf.

»Da drüben!«, brüllte der Schafbock. »Gras!« Und, gefolgt von den übrigen Kriegerschafen, stürmte er an den Ordnern vorbei auf die Straße. Genau vor dem Team Smith und der zweiten Mannschaft, die Familie Smith dicht auf den Fersen war und rasch aufholte.

Tony blieb abrupt stehen. »Oh, nein!«, heulte er auf. »Ich habe die Schafe vergessen!«

Emma Smith hatte gerade den Einkaufswagen von ihrem Vater übernommen und schob ihn jetzt, so schnell sie konnte, vor sich her. Die Sohlen ihrer Joggingschuhe quietschten, als sie versuchte, Oxo auszuweichen. Sie riss den Wagen zur Seite und er krachte in den Einkaufswagen des zweiten Teams. Beide kippten um. Mehltüten, Eier, Tomaten, Milch, Öl, Joghurt … die gesamten Lebensmittel flogen in hohem

Bogen durch die Luft und prasselten auf die Straße. Die drei folgenden Mannschaften hatten keine Chance, rechtzeitig zu bremsen. Die Teilnehmer schlitterten und rutschten aus, ihre Einkaufswagen trudelten wild, bevor sie sich schließlich überschlugen und ihren Inhalt dem Chaos auf der Straße hinzufügten.

Tony starrte auf die Verwüstung. Einige der Wettkämpfer schimpften wütend, andere lachten. Alle waren mit Joghurt, Eiern und Waschmittel besudelt; ein Junge versank in einer Wolke aus Badeschaum, ein anderer leckte begeistert die Schokoladensoße auf, die von seinem Gesicht tropfte.

Auf der gegenüberliegenden Straßenseite, völlig unbeeindruckt von dem Durcheinander, grasten die Schafe in aller Ruhe auf dem Grünstreifen. Tony stand mit aufgerissenen Augen und offenem Mund da. Nisha starrte ebenfalls auf das Chaos. Was für ein fantastisches Unterhaltungsprogramm! Ihr Chef bei Öko-TV würde begeistert sein. Sie musste sofort mit der Berichterstattung beginnen. Da fiel ihr Blick auf Tonys entgeistertes Gesicht und ihr Herz wurde weich. Das konnte sie ihm nicht antun. Sie musste leise kichern.

»Das sind Idas Schafe, oder?«, fragte sie.

Tony nickte stumm.

»Dann bring sie jetzt besser weg, bevor sie noch mehr Ärger machen.« Sie lächelte schüchtern. »Deine Frage kannst du mir ein anderes Mal stellen.«

Tony hatte seine Frage ganz vergessen. Er blinzelte Nisha an und schon stürmte er über die Straße. Nisha sah ihm kurz nach und eilte dann zum Ende der Rennstrecke, wo sie sich bereithielt, um die Sieger zu interviewen, sobald sie endlich über die Ziellinie stolpern würden.

»Tut mir leid wegen der Schafe«, murmelte Tony, während er im Slalom der Sauerei auf der Straße auswich. »Entschuldigung … Tut mir wirklich leid …« Den drei führenden Teams war es gelungen, die Einkaufswagen wieder aufzurichten, und sie warfen jetzt in fieberhafter Eile die Lebensmittel hinein. »Meine Schuld … Entschuldigung.«

»Kein Problem«, beruhigte ihn lachend eine Frau aus dem Team, das an vierter Stelle lag. Sie schüttelte das Mehl aus ihren langen Haaren. »Wir hätten sowieso nicht gewonnen. Und die Speedwells haben ja das ganze Zeug bezahlt.« Sie grinste ihren schokoladensoßeverschmierten Sohn an, der sich jetzt eifrig Eiscreme von den Fingern leckte. »Es verkommt jedenfalls nichts«, stellte sie fest.

Den Smiths gelang es am schnellsten, ihren Einkaufswagen neu zu beladen. Emma umklammerte den Griff und sprintete damit, trotz der verbogenen, eiernden Räder, auf die Ziellinie zu. Unter großem Jubel der Menge lief sie als Erste ein, mit zwei Einkaufswagenlängen Vorsprung vor der zweiten Mannschaft.

Nisha streckte ihr das Mikrofon hin. »Was ist das für ein Gefühl, den ersten Wettkampf der Familien-Spaß-Spiele zu gewinnen?«, fragte sie.

Emma lachte. »Na, wir wollten uns Gold holen«, sagte sie außer Atem, »aber wir haben nicht erwartet, dass wir auch noch mit Naturalien belohnt werden.« Und sie hängte sich lachend eine Kette tiefgefrorener Würstchen um den Hals.

Auf dem Grünstreifen waren die Schafe noch immer eifrig mit Grasrupfen, Kauen und Schlucken beschäftigt.

»Das Futter taugt nichts«, moserte Oxo. »Aber besser, als zu verhungern. Hallo! Da kommt der Plastiksalat-Mann.«

Alle hatten ausreichend gefressen, um eine Weile durchzuhalten, und so ließen sie sich ohne Protest von Tony über die Straße zurücktreiben.

»Bitte, Leute … bitte …«, flehte Tony. »Ich habe schon genug Ärger. Verschwinden wir von hier.«

»Ich frage mich, worüber der sich jetzt wieder so aufregt«, sagte Oxo und verschlang im Vorbeigehen noch eine herumliegende Karotte, während sie über die Straße zum Lieferwagen trotteten.

»Alle Menschen sind seltsam«, stellte Sally fest.

»Nicht so seltsam wie Tony«, grummelte Oxo.

Sie waren schon beinahe am Transporter angekommen, als das letzte Team mit Einkaufswagen über die Kreuzung in Richtung Ziellinie schlingerte. Stanley schob den Wagen, Max rannte neben ihm her.

»Die Räder sind ganz schief!«, jammerte Stanley. »Das ist nicht fair. Warum habe ich den schlechtesten Einkaufswagen bekommen?«

»Aufgeben gilt nicht, mein Junge!«, schrie Max. »Schieb!«

»Ich kann nicht mehr schieben«, maulte Stanley. »Er ist zu schwer.«

Er maulte noch immer herum, als er endlich die Ziellinie erreichte, wo Mandy und Jeremy warteten.

»Gut gemacht, Stan!«, rief Mandy. »Gute Leistung!«

»Ich bin Letzter geworden!«, klagte Stanley.

»Einen muss es treffen«, erwiderte seine Mutter ungerührt. »Dabei sein ist alles.«

»Es ist besser, etwas zu versuchen und zu verlieren, als es gar nicht erst zu versuchen«, fügte Max hinzu.

»Nein, ist es nicht!«, brüllte Stanley. »Verlieren ist für Verlierer! Ich will *gewinnen!*« Er trat gegen den Einkaufswagen und heulte auf, weil ihm jetzt der Fuß wehtat.

»Hör auf zu plärren, Stan«, sagte Max, dem das peinlich war. »Die Leute schauen schon.«

»Es finden doch noch jede Menge anderer Wettkämpfe statt«, tröstete ihn Mandy. »Einen davon gewinnst du sicher. Nicht wahr, Jeremy?«

»Das will ich hoffen«, antwortete Jeremy. »Es geht schließlich auch um das Image der Marke Speedwell. Ständig Letzter zu werden, macht sich da nicht gut.« Und mit diesen Worten wandte er sich mit geringschätzigem Blick von Stanley ab.

Nachdem nun die letzten Teilnehmer eingetroffen waren, räumten die Ordner die Kegel zur Markierung der Ziellinie weg, beseitigten die letzten Schmutzreste auf der Straße und entfernten dann das Absperrband an der Kreuzung. Die Autos hatten wieder freie Fahrt.

Tony konnte den Schafen nicht böse sein. Es war sein

Fehler gewesen, dass er die Türen offen gelassen hatte. Er tätschelte die Tiere nacheinander, als sie in den Laderaum sprangen, warf ihnen noch ein paar zerdrückte Selleriestängel zu und außerdem – als besonderen Leckerbissen – die verbliebenen Blumensträuße.

Im Schneckentempo kroch der Lieferwagen in Richtung Londoner Innenstadt. Die wenigen Kilometer bis zur Farm zogen sich ewig hin. Tony überlegte, was Nisha jetzt wohl gerade tat und ob diese Frau, Lulu, schon dabei war, eine Demonstration zu organisieren. Und wie Daisy und Dilly zurechtkamen.

Die Zwillinge standen in ebendiesem Augenblick auf Kisten vor Tonys Wohnwagen und bemühten sich, Spuren zu beseitigen, damit es so aussah, als habe gar kein Einbruch stattgefunden.

»Beim nächsten Mal müssen wir Handschuhe tragen«, stellte Daisy fest, während sie die Fensterscheibe mit einem Lappen abrieb.

»Ja. Wir haben zu viele Fingerabdrücke hinterlassen«, gab ihr Dilly recht und rubbelte kräftig mit ihrem Tuch.

»Bis jetzt hatten wir nicht viel Glück, was?«, sagte Daisy.

»Wir haben alle Türen ausprobiert, die wir finden konnten«, gab Dilly zu bedenken.

»Die zur Scheune«, sagte Daisy.

»Die zur ehemaligen Molkerei«, fuhr Dilly fort.

»Die zur alten Brauerei«, seufzte Daisy.

»Da stinkt es immer noch nach Bier«, sagte Dilly und rümpfte die Nase.

»Wir waren überall. Sonst gibt es keine mehr, oder?«, seufzte Daisy erneut.

»Keine Tür, die einfach zu finden ist«, stellte Dilly richtig. »Aber Arthur Upton war gerissen.«

»Sehr gerissen«, stimmte Daisy zu.

»Also muss es irgendwo noch eine Tür geben. Eine verborgene Tür«, sagte Dilly.

»Eine Geheimtür«, stimmte Daisy zu.

Sie sprangen von den Kisten und begutachteten das Fenster des Wohnwagens.

»Das merkt der nie«, sagte Daisy.

»Nie im Leben«, stimmte Dilly zu.

Und sie schlugen die Hände gegeneinander.

Tony rätselte indessen, warum die Schafe hinten so einen Krach machten. *Sie* organisierten doch wohl keine Protestveranstaltung?

Nein, der kleine Imbiss hatte lediglich Linx' Inspiration beflügelt, woraufhin er einen neuen Rap komponiert hatte, den er jetzt den anderen vortrug:

»Die Kriegerschafe sind wieder los,
Die Aufgabe vor uns ist riesengroß:
'nen Eimer finden – den Heiligen Kübel.
Schaffen wir – eh klar – wär ja sonst übel!

Und wir saufen ihn leer, bevor uns jemand aufhält,
Und werden die Megahelden der Schafe-Welt!«

»Brillant!«, lobte Sally. »Brillant … Du weißt wirklich, wie man unseren Heldenmut anstachelt, Linx.«

»Ähm, da wäre nur eins«, mischte sich Will ein.

»Ja, Liebes?«, sagte Sally.

»Wo ist er?«

»Wo ist wer, Liebes?«

»Der, äh, dieser besondere Eimer. Der Heilige Kübel, aus dem wir trinken müssen? So die grobe Richtung? Ich meine, wir brauchen doch irgendeinen Anhaltspunkt?«

Sally räusperte sich. »Nun, also … er ist … er ist … er ist … ähm …«

»Den Heiligen Kübel sie niemals fanden
Auf grünen Weiden, in fremden Landen.
Nein, nach hohen Häusern lenkt eure Hufe,
Folgt den Zeichen, hört die Rufe,
Zwischen Menschen, jung und alt, verborgen,
Wird das kostbare Gold geborgen.
Zur Stadt, zur Stadt, seid ihr bereit?
Findet den Kübel, verliert keine Zeit!«

Es herrschte einen Augenblick Stille.

Dann: »Wer war das?«, fragte Oxo verdutzt.

»Ich«, antwortete Jasmine hinter ihm.

Oxo drehte sich um. »Unmöglich.«

Jasmine warf den Kopf zurück. »Sally und Will sind nicht die Einzigen, die Sachen wissen. Meine Mutter hat mir die ganze *Ballade vom Vlies* beigebracht, als ich klein war. Ich habe mir nur nicht mehr als ein, zwei Strophen merken können. Und das ist eine davon.«

»Nummer dreihundert*einundzwanzig,* um genau zu sein«, warf Sally ein und strahlte das junge Jacobschaf stolz an. Jasmine mochte ihre Hufe mit der Tinktur für das Schafbad lackieren, aber man sollte nie ein Lamm nach seinen Hufen beurteilen.

»Damit könnte London gemeint sein«, überlegte Will.

»Mit an Sicherheit grenzender Wahrscheinlichkeit«, frohlockte Sally. »Tony muss extra geschickt worden sein, um uns hinzubringen.« Dann taumelte sie zur Seite, weil der Lieferwagen von der Hauptstraße in die Uferstraße abgebogen war.

Tony sah sich derweil mit neuen Problemen konfrontiert. Vor dem Tor zur Farm hatte sich eine Menschenmenge auf dem Gehsteig versammelt, eine ziemlich große Menschenmenge. Und genau davor stand ein Transporter, den er wiedererkannte: Er gehörte Öko-TV. Gerade stieg Nisha, die noch immer Trainingsanzug und Joggingschuhe trug, aus dem Wagen.

Sie wartete, bis Tony vorgefahren war.

»Wir haben eine SMS bekommen«, rief sie zu seiner Fahrerkabine hinauf. »Von jemandem namens Lulu. Sie sagte, dass vor der Farm eine Sitzblockade stattfinden würde und sie möglichst viel Berichterstattung in den Medien benötige.«

Tony starrte an Nisha vorbei auf die kleine, schlanke junge Frau, die auf einer Kiste neben dem Farm-Tor stand. Sie trug eine Militärhose und ein weißes T-Shirt und hielt ein handgeschriebenes Plakat hoch.

Darauf stand, grün umrandet:

RETTET DIE STADTFARM!

Weitere Plakate lehnten zu beiden Seiten des Tores:

TIERE STATT PROFIT
BAGGER – NICHT MIT UNS!

»Wusstest du davon, Tony?«, fragte Nisha.

Tony nickte. »Gewissermaßen. Seit einer Stunde.«

Die junge Frau sprach ruhig und ernst mit den Leuten, die auf dem Gehsteig vor dem Tor saßen. »Es ist noch nicht zu spät«, erklärte sie. »Wenn wir genügend Leute sind, die sich weigern aufzustehen, wird der Stadtrat seine Haltung nochmals überdenken müssen –« Sie brach ab, als sie Nisha und den Kameramann auf sich zukommen sah.

»Hallo!«, grüßte Nisha. »Ich bin Nisha Patel von Öko-TV.« Sie streckte ihr das Mikrofon entgegen. »Darf ich Ihren Namen erfahren, bitte?«

»Talulah Moorbank. Kurz Lulu.«

»Und Sie sind eine Anwohnerin, ja?«

»Ich bin nicht hier geboren und aufgewachsen, nein. Ich bin gerade erst hergezogen. Aber ich habe von der Geschichte gehört und beschlossen, etwas zu unternehmen. Man darf nicht zulassen, dass so ein wertvolles Gut für die Allgemeinheit einfach zerstört wird.«

»Was meinen Sie mit: Sie haben von der Geschichte gehört?«

»Die Geschichte des Uferpalasts. Ich arbeite für eine reizende alte Dame namens Mathilde Bonifaz.«

Nisha warf Tony in der Fahrerkabine einen raschen Blick zu.

Tony war sprachlos. Es war ihm nie in den Sinn gekommen, dass Mathilde Bonifaz noch am Leben sein könnte. Aber falls sie tatsächlich noch lebte, gehörte der Goldene Gral höchstwahrscheinlich ihr. Stand er etwa kurz davor, den Gral zu finden, nur um ihn sogleich an seine rechtmäßige Eigentümerin zu verlieren? Die ihn dann womöglich mit nach Amerika nahm?

»Mathilde Bonifaz …«, wiederholte Nisha.

»Wir wohnen im Vectis Hotel«, sagte Lulu, »bis wir eine Wohnung zur Miete gefunden haben. Aber Mathilde wurde sogar in dem alten Palast geboren! Sie zog weg, als sie noch ein kleines Kind war, und ihr Vater schenkte das Anwesen der Stadt, weil er glaubte, man würde dort etwas Schönes für die Menschen schaffen. Und was passiert? Mathilde kehrt als sehr alte Frau zurück und muss feststellen, dass überhaupt nichts Schönes entsteht. Auf dem Grundstück soll ein weiterer Klotz aus Beton und Glas gebaut werden.« Lulu hielt inne. »Es bricht der armen alten Mathilde das Herz, wissen Sie.«

»Also tun Sie das für Mathilde Bonifaz?«

Lulu nickte. »Ich kann Ihnen gar nicht sagen, wie nett sie ist und wie viel sie mir bedeutet. Sie ist in gewisser Weise wie eine Großmutter für mich. Also, ja, ich tue das für Mathilde und für alle anderen, die der Meinung sind, dass Gemeinnütziges erhalten bleiben muss.«

Einer der Männer, der auf dem Gehsteig zu Nishas Füßen saß, skandierte:

»Was wir wollen? Unsere Stadtfarm!

Und wo? Hier und für immer!«

Die wachsende Menschenmenge stimmte ein:

»Was wir wollen? Unsere Stadtfarm!

Und wo? Hier und für immer!«

Nisha und ihr Kameramann traten beiseite, als Tony leicht auf die Hupe drückte und mit seinem Lieferwagen langsam vorwärtsfuhr.

»Das ist der Farm-Verwalter!«, sagte eine der Frauen auf dem Gehsteig. »Und dem Geruch nach zu urteilen, bringt er neue Tiere mit.« Sie spähte durch das kleine Fenster zum Laderaum.

»Schafe!«, rief sie den anderen zu. »Er bringt uns ein paar Schafe!«

Im Handumdrehen war die gesamte Menge auf den Beinen und jubelte Tony zu, als der langsam durch das Tor fuhr.

Sally war tief beeindruckt. »Nun, das nenne ich eine Begrüßung«, sagte sie. »Unser Ruf eilt uns voraus. Wir sind … wie heißt das Wort, Will? Du weißt doch, wenn man berühmt ist, weil man berühmt ist.«

»Stars«, antwortete Will. »Aber ich denke nicht –«

»Ich übernehme das Denken in dieser speziellen Angelegenheit, danke, Liebes«, unterbrach ihn Sally und schaute aus dem Fenster. Sie zeigte ihre Zähne, während sie huldvoll den Kopf hob und senkte.

Kaum auf dem Hof angekommen, parkte Tony den Lieferwagen und sprang aus der Fahrerkabine. Er versuchte, vorläufig nicht an Mathilde Bonifaz zu denken.

Daisy und Dilly warteten auf ihn.

»Wir haben einen schönen, gemütlichen Pferch für die Schafe vorbereitet«, verkündete Daisy.

»Warm und frisch«, fügte Dilly hinzu.

»Danke«, entgegnete Tony. »Kann ich euch das Ausladen der Tiere überlassen? Ich muss mich da, ähm, sofort um etwas kümmern.«

»Natürlich«, antwortete Daisy.

»Wir entladen gern neu eingetroffene Tiere«, bekräftigte Dilly.

Die Zwillinge beobachteten, wie Tony zu seinem Wohnwagen hastete, und drehten sich dann schnell zum Lieferwagen um.

»Mach dich auf einen Schrei gefasst …«, flüsterte Daisy mit einem verstohlenen Lächeln.

»Es wird ein sehr lauter Schrei«, bestätigte Dilly und lächelte zurück.

Sie hatten gerade die Schafe aus dem Lieferwagen geholt, in den Pferch gesperrt und das Gatter geschlossen, als sie den Schrei des erdrosselten Vogel Strauß hörten.

»Er hat es entdeckt«, sagte Daisy. »Oder, besser gesagt, *nicht* entdeckt.«

Dilly zwinkerte. »Ganz sicher *nicht* entdeckt«, bekräftigte sie und tätschelte den Schlüssel in ihrer Tasche.

Der Ausbruch

Der Schlüssel war weg. Tony kniete fassungslos und verwirrt neben seinem Bett. Ein weiteres Mal streckte er den Arm darunter und tastete suchend den Boden ab. Seine Finger berührten einen zusammengerollten Socken. Er zog den Arm zurück und warf den mit Staubflusen bedeckten Socken zu dem Bleistift und dem verschrumpelten braunen Apfelbutzen – der Ausbeute seiner ersten Suche. Es bestand kein Zweifel: Der Schlüssel war wirklich und wahrhaftig weg.

»Bist du dir absolut sicher, dass du ihn da versteckt hast?«, fragte Nisha. Sie hatte Tonys Schrei bis auf die Straße hinaus gehört und war zu ihm geeilt, um den Grund dafür zu erfahren.

»Ganz sicher«, antwortete Tony. Er steckte den Kopf wieder unter das Bett. »Komm her. Du kannst den Essig noch riechen.«

Nisha verspürte kein Verlangen, sich auf den schmuddeligen Teppich zu knien. Sie glaubte Tony und begann, sich in dem kleinen, vollgestopften Raum umzusehen.

»Also, der Schlüssel kann ja nicht einfach allein hinausspaziert sein. Jemand muss ihn gestohlen haben. Wer wusste davon, dass du ihn unter dem Bett versteckt hast?«

»Keine Menschenseele«, jammerte Tony.

»Wer wusste davon, dass du ihn gefunden hast?«

»Niemand. Ich habe ihn ja erst gestern ausgegraben. Ich habe niemandem davon erzählt.«

»Wer wusste, dass du nach dem Schlüssel *gesucht* hast?«

Tony schaute überrascht auf. »Äh … die Leute in der Bibliothek. Und im Laden an der Ecke. Und im Pub …« Er blickte Nisha traurig an. »So ungefähr jeder hier im Viertel. Ich rede zu viel, oder?«

Nisha lächelte. »Nein. Es ist gut, dass du dich mit den Leuten austauschst. Und, ehrlich gesagt, Tony, die meisten interessieren sich sowieso nicht dafür. Sie halten dich für …« Sie suchte nach dem passenden Ausdruck.

»Durchgeknallt?«, half ihr Tony weiter.

»Besessen«, korrigierte ihn Nisha. »Die meisten Leute halten deine Suche für eine fixe Idee. Manche denken, du könntest recht haben mit dem Gral. Oder vielleicht auch nicht. Und letztlich ist es ihnen ziemlich egal.« Nisha ging zum Fenster und musterte die Scheibe. »Aber so, wie es jetzt aussieht, ist irgendjemandem die Sache nicht egal. Und dieser Jemand hat den Schlüssel gestohlen und als Nächstes müssen wir uns fragen …«

»Wer!«, unterbrach sie Tony und schlug mit der Faust auf den Teppich, wodurch er eine kleine Staubwolke aufwirbelte. »*Wer* hat ihn gestohlen!«

»Nein«, widersprach Nisha geduldig. »Als Nächstes müssen wir uns fragen, wie der Dieb hier hereinkam. Und ich glaube, ich weiß es bereits.« Sie deutete auf die blitzblanke Scheibe. »Wann hast du das letzte Mal das Fenster geputzt?«

Tony machte ein verdutztes Gesicht. »Geputzt? Ich habe es noch nie geputzt.«

»Nun, irgendjemand aber schon«, stellte Nisha fest. »Und das ist noch nicht lange her. Ich vermute, der Dieb ist durch das Fenster eingestiegen und hat den Wohnwagen später durch die Tür verlassen. Anschließend hat er seine Fingerabdrücke von der Scheibe entfernt.«

Tony starrte Nisha voll Bewunderung an. »Ein Profi-Einbrecher?«

Nisha zuckte mit den Schultern. »Das kann ich nicht sagen. Wir fragen mal Daisy und Dilly, ob ihnen irgendjemand Verdächtiges aufgefallen ist, der hier herumlungert.« Sie hielt inne. »Du vertraust ihnen doch, nicht wahr?«

»Bei meinem Leben«, erwiderte Tony. »Die beiden sind Gold wert.«

Daisy und Dilly kippten gerade eine Schubkarrenladung Karotten und Spinatblätter in den neuen Schafspferch, als Tony und Nisha zu ihnen kamen. Oxo, Linx, Jasmine, Sally und Will senkten indessen die Schnauzen über die erste ordentliche Mahlzeit, seit sie die Eppingham-Farm verlassen hatten.

»Sei wachsam«, flüsterte Daisy ihrer Schwester zu.

»Für alles gewappnet«, wisperte Dilly.

»Hallo, ihr beiden!«, grüßte sie Nisha. »Wir wüssten gern, ob ihr hier irgendjemand Verdächtigen gesehen habt, während Tony weg war?«

»Jemand Verdächtigen?«, wiederholte Daisy.

»Verdächtig?«, kam es wie ein Echo von Dilly.

»Jemand ist in meinen Wohnwagen eingebrochen«, erklärte Tony, »und hat etwas gestohlen.«

»Wie furchtbar!«, riefen die Zwillinge im Chor. Sie sahen einander mit weit aufgerissenen Augen unschuldig an.

»Nein, wir haben niemand Verdächtigen gesehen«, sagte Dilly.

»Außer Lulu«, fuhr Daisy fort. »Und wie sich ja herausgestellt hat, ist sie überhaupt nicht verdächtig.«

»Der Einbruch fand wahrscheinlich in der Nacht statt«, sagte Nisha. »Habt ihr irgendetwas Ungewöhnliches *gehört?*«

Für diese Frage hatten sich die Mädchen keine Antwort zurechtgelegt. Sie zögerten, schauten einander an, dann zu Boden.

»Wir haben ein schlagendes Geräusch gehört«, berichtete Daisy. »Nach Sonnenuntergang.«

»Ein schlagendes Geräusch?«, erkundigte sich Tony, bevor Dilly die Worte ihrer Schwester als Echo wiederholen konnte.

Daisy runzelte die Stirn. »Na ja … einfach ein *Bäng, Bäng, Bäng*. Eigentlich nicht sonderlich laut.«

»Und wir sind mit der Taschenlampe rausgegangen, um nachzusehen«, log Dilly. »Wir haben wirklich überall geschaut, aber wir haben niemanden gesehen. Also dachten wir, dass wir uns das nur eingebildet haben.«

»Oder dass es vielleicht ein Geist war«, fügte Daisy hinzu.

Tony tätschelte ihr gütig den Arm. »Keine Angst, Daisy. Auf der Stadtfarm gibt es keine Geister. Wahrscheinlich war das der Einbrecher.« Er seufzte. »Trotzdem danke.«

Tony und Nisha kehrten in den Wohnwagen zurück und die Zwillinge gingen das Schwein füttern. Seit ihrer Ankunft waren die Schafe erstmals unter sich.

Sally schaute von dem schnell schwindenden Haufen Gemüse auf. Ihr vorderster Magen fühlte sich angenehm voll an.

»Hier kann man es aushalten. Fürs Erste …«, stellte sie fest, während sie sich in dem Pferch umsah.

»Nicht einmal der Hund hat gebellt«, sagte Will. »Habt ihr ihn gesehen, als wir ankamen?«

Linx nickte. »Stadthunde sind wahrscheinlich viel zu cool, um Schafe zu jagen.«

»AchduliebesGras … das will ich hoffen«, rief Jasmine.

Oxo war der Hund egal; cool oder nicht cool. »Das Futter ist gut, darauf kommt es an«, nuschelte er, während er seine zwanzigste Karotte verschlang. Nicht, dass er sie gezählt hätte.

Linx dagegen schon. »Alter, wenn du noch mehr davon frisst, wirst du orange.«

»Jep. Aber ich kann dann auch bei Nacht sehen«, erwiderte Oxo. »Nicht, dass es da normalerweise viel zu sehen gäbe.«

»Nicht viel zu sehen?«, mischte sich eine Stimme ein. Sie kam aus dem Nachbargehege. »Nachts soll nicht viel zu sehen sein? Was ist mit den funkelnden Lichtern und der Stadt, die niemals schläft? Mann, wo kommt ihr denn her, Leute?«

Die Eppingham-Schafe starrten ihren Nachbarn an, der sein Kinn auf die Hecke stützte. Er trug Hörner, struppiges weißes Fell, einen zotteligen Bart und hielt die gelben Augen halb geschlossen.

»Ein Ziegenbock!«, rief Will erfreut. »Ich bin noch nie einem begegnet. Ziegen kenne ich nur von den Bildern in Todds Büchern.«

Seine Freunde hatten auch noch nie einen Ziegenbock getroffen, aber Oxo war nicht sonderlich beeindruckt. Sally ebenso wenig.

»Wir kommen aus Eppingham«, entgegnete sie pikiert. »Wir sind die seltenen Rasseschafe aus Eppingham.«

»Alle Achtung, Schwester«, sagte der Ziegenbock, wobei er beim Sprechen kaute. »Das liegt irgendwo in der Pampa, ja? Irgendein verschlafenes Kaff?«

Linx warf seine Locken zurück. »Was soll das Gequatsche von wegen funkelnde Lichter der Stadt, ha?«, mischte er sich ein. »Sie lassen dich also nach Einbruch der Dunkelheit losziehen? Tanzen und Party machen?« Linx hatte keinen blassen Schimmer, was »Party machen« bedeutete, aber er hatte gehört, wie junge Leute sich darüber unterhalten hatten, und vermutete, dass es irgendetwas Spaßiges war, was man in Städten so tat.

Der Ziegenbock kaute weiter und stierte Linx aus halb geschlossenen Augen an. »Reg dich ab, Digger«, sagte er. »Reg dich ab.« Er wandte sich an Will, der auf seinen Hinterbeinen an der Hecke stand, und nickte mit dem Kinn in Richtung Linx. »Nettes Fell. Fiese Laune. Was is'n das für ein Typ …?«

»Ähm …« Will verstand die Frage nicht. »Ein Lincoln-Langwollschafbock?«, antwortete er.

Der Ziegenbock kicherte, dann hob er seinen Vorderhuf. Will tat es ihm gleich und sie schlugen über der Hecke die Hufe gegeneinander.

»Echt fett«, sagte der Ziegenbock. »Caprian.«

»Wie bitte?«, fragte Will.

»Caprian. So heiße ich.« Er musterte die übrigen seltenen Rasseschafe hinter Will. »Waschechter Vollblut-Londoner. Es gibt nichts, was ich nicht weiß über diese Stadt. Also, wenn ihr irgendwas wissen wollt – was gerade hip ist oder wie man sich cool stylt … fragt mich einfach.«

Er zwinkerte Jasmine zu, drehte sich dann um und schlenderte lässig zur anderen Seite seines Pferchs, wobei er Jasmine noch einen Blick über die Schulter zuwarf.

»*Dich?*«, stieß Jasmine hervor und funkelte ihn an. »*Oh mon Dieu* … eher frag ich einen … Hund … oder eine Kuh … oder … oder sonst irgendjemand Scheußlichen.« Sie warf den Kopf zurück, wandte sich ab und stolzierte davon.

»Komm wieder runter, Jasmine«, sagte Oxo. »Kein Grund, sich das Fell zu raufen, wegen so eines Großmauls.«

»Genau«, bekräftigte Sally und ließ sich in sicherer Entfernung von der Hecke nieder. »Wir haben Wichtigeres zu besprechen.«

Die anderen schauten verständnislos drein.

»Die Strophen dreihundertzwanzig und dreihunderteinundzwanzig …?«

»Ach ja«, erinnerte sich Linx. »Das Heilige Kübeldings. Das finden wir jedenfalls nicht, wenn wir hier rumhängen und dem Gefasel von einem Ziegenbock zuhören. Wir müssen ausbrechen, Leute. Raus ins trubelnde Leben, der Gefahr entgegen. In die Straßen der Großstadt, wo –«

»Reizend, mein Junge«, unterbrach ihn Sally. »Du kannst den Rest später komponieren. Jetzt brauchen wir einen Plan.«

Alle verfielen in Schweigen.

»Wir müssen unsere Findigkeit und Gerissenheit einsetzen«, erklärte Sally. »Wir Schafe werden schließlich für unsere Gerissenheit gerühmt.«

Die Krieger übergingen das verächtliche Schnauben des Ziegenbocks im Nachbarpferch.

Wieder herrschte Stille.

Als Will den Kopf hob, stellte er fest, dass die anderen ihn anstarrten. »Ähm …« Er suchte fieberhaft nach etwas Hilfreichem, was er vorschlagen könnte. »Ähm … als wir heute Nachmittag auf dem staubigen Grünstreifen grasten …«

»Fahr fort, Liebes«, ermunterte ihn Sally.

»Da habe ich viele Leute rufen hören: ›Holt euch Gold!‹ Ich habe mir nichts dabei gedacht, aber was, wenn die Menschen hinter demselben Gold her sind wie wir? Ich meine, was, wenn sie auch nach dem Heiligen Kübel suchen?«

Es folgte ein Moment entsetzten Schweigens.

»AchduliebesGras …«, wisperte Jasmine. »Das dürfen die doch nicht. Das ist *unser* Heiliger Kübel!«

»Wahrscheinlich irre ich mich«, wiegelte Will ab. »Aber ich weiß nicht, was sie sonst gemeint haben könnten.«

»Genug Palaver«, knurrte Oxo und wandte sich zum Gatter. »Auf die Hufe, Leute. Zeit, einen Abgang zu machen.« Er senkte den Kopf, um das Tor zu rammen.

»Nicht so schnell, Holzschädel!« Jasmine stellte sich ihm in den Weg. »Wenn sie uns sehen, dann bringen sie uns zurück. Wir sollten warten, bis es dunkel wird.«

»Wer ist hier ein Holzschädel?«

»Sie hat recht, Oxo«, mischte sich Will ein und bemühte sich, ein Kichern zu unterdrücken. »Unsere Chancen stehen besser, wenn wir erst nach Einbruch der Dunkelheit abhauen.«

»Ha«, spottete der Ziegenbock. »Ihr habt null Chance.«

Draußen vor der Farm sang Lulu mit den übrigen Demonstranten:

»Old MacTony hat 'ne Farm, hihahihahoo.
Und auf der Farm, da gibt's ein Huhn,
hihahihahoo.
Man hört gack-gack hier und gack-gack da …«

Drinnen im Wohnwagen schaute Tony Nisha niedergeschlagen an. »Also, was, glaubst du, hat Mathilde Bonifaz mit dem Goldenen Gral vor, falls ich ihn finde?«

»*Sobald* du ihn findest«, sagte Nisha. »Du musst sie vorher fragen. Ich nehme an, Lulu könnte ein Treffen mit Mathilde für dich organisieren.« Sie klopfte Tony auf die Schulter. »Kopf hoch! Laut Lulu ist Mathilde eine reizende alte Dame. Und man weiß ja nie: Vielleicht erinnert sie sich an etwas, was dir bei der Suche hilft. Alte Leute verfügen manchmal über ein erstaunliches Gedächtnis.«

Tony nickte, aber die Vorstellung munterte ihn nicht auf. Er wollte etwas *tun*. Sofort.

»Hast du noch das Schildchen, das an dem Schlüssel hing?«, fragte Nisha unvermittelt. »Du sagtest doch, dass du es abgenommen hast, damit der Essig es nicht beschädigt.«

Tony nickte und zog das brüchige Schildchen aus der Brusttasche seines Hemds.

Nisha las die Aufschrift laut vor: »*Finder, Dir gelingt nicht, was mir nicht gelang, sei gewarnt, der Schlüssel war mein Un-*

tergang. Arthur Upton.« Sie lächelte Tony an. »Vermutlich hat er es an dem Schlüssel befestigt, bevor er ihn wegwarf, nur für den Fall, dass jemand ihn irgendwann findet und in die Versuchung gerät, nach dem Gral zu suchen.«

»Ja, schon. Aber was bringt mir das Schildchen? Ich brauche den Schlüssel!«

Nisha warf einen Blick auf die Uhr und erhob sich. »Na, da du den nicht hast, warum machst du dich nicht stattdessen auf die Suche nach der Tür, der verborgenen Tür, zu der er passen könnte?«, schlug sie vor. »Und falls du sie findest, gelingt es dir vielleicht auch, sie ohne den Schlüssel zu öffnen? So, wie jemand ohne Schlüssel in deinen Wohnwagen gelangt ist.« Sie zog ein Bündel alter Karten und Baupläne aus dem Stapel von Büchern und Papieren auf Tonys Bett. »Hast du die schon alle durchgesehen?«

Tony schüttelte den Kopf. »Noch nicht im Einzelnen. Keine Zeit.«

»Das ist doch sicher einen Versuch wert, oder? Wenn du sie genau studierst, findest du vielleicht einen Hinweis.«

»Meinst du?« Tony griff eifrig nach den Karten und Bauplänen. Endlich eine Aufgabe, auf die er sich stürzen konnte. Dann hielt er inne. »Aber wo willst du hin?«

»Ich muss noch ein Interview mit den Speedwells führen«, antwortete Nisha. »Ich komme zurück, sobald ich fertig bin.«

»In Ordnung«, sagte Tony. Sein Herz machte einen kleinen Sprung. Vielleicht war es alles in allem doch nicht so ein schlechter Tag.

»Und da ist noch etwas, was du bedenken solltest«, mahnte Nisha, während sie die Tür des Wohnwagens öffnete. »Wer auch immer den Schlüssel gestohlen hat, sucht ebenfalls nach der Tür, zu der er passt.« Sie schaute ihn eindringlich an. »Also, sei auf der Hut, Tony. Du musst wachsam sein, ob irgendjemand Verdächtiges herumschleicht. Tag und Nacht.«

Tony nickte energisch. Es galt, wachsam zu sein, ja. Er sah Nisha nach, wie sie über den Hof und aus dem Tor eilte, und wünschte, er hätte die restlichen Blumensträuße von der Tankstelle nicht den Schafen zu fressen gegeben. Er würde Nisha am liebsten alle fünf Minuten einen Blumenstrauß schenken.

Max und Mandy saßen in der Küche beim Abendessen, als Nisha für das zweite Interview im Speedwell-Turm eintraf. Die riesige Küche war ganz aus Glas und Chrom, mit grauen Granitfliesen auf dem Boden und Hunderten von winzigen Strahlern, die in die Decke eingelassen waren. Es gab einen Kühlschrank, so groß wie ein Kleiderschrank, eine Kaffeemaschine, die einer Espresso-Bar alle Ehre gemacht hätte, und mindestens vier verschiedene Öfen und Wandregale mit Kochutensilien. Nisha sah sich um und lächelte. Mandy mochte topmodern und modisch sein, aber zu Hause wollte sie es auch gemütlich haben: Sie hatte auf einen leuchtend bunten Teppich in der Mitte des Raums einen kleinen Holztisch gestellt, über den eine weiße Spitzendecke gebreitet war. Eine Kerze flackerte auf dem Tisch, daneben standen eine Schale mit Blumen und eine Plastikflasche Tomatenketchup.

»Setzen Sie sich, setzen Sie sich!«, rief Mandy. »Essen Sie einen Teller Würstchen und Kartoffelbrei mit uns.« Sie schob einen weich gepolsterten Stuhl für Nisha zurück. »Wir haben es nicht so mit raffinierten Gerichten«, gestand sie. »Max hat eine Vorliebe für die guten alten Klassiker, die wir schon als Kinder gegessen haben. Sie wissen schon, Würstchen mit Kartoffelbrei, Spiegeleier mit Pommes ... Das passt nicht so recht zu der modernen Einrichtung hier, aber das mögen wir nun mal am liebsten.«

Nisha lief das Wasser im Mund zusammen. Sie hatte seit Stunden nichts gegessen.

»Also, gern, wenn es Ihnen recht ist«, erwiderte sie. »Wir können uns ja während des Essens unterhalten. Und ich habe heute Abend keinen Kameramann dabei, da ist es egal, wenn ich mich mit Soße bekleckere.«

Mandy kicherte. »Und auf uns passt kein Jeremy auf. Er geht um sechs Uhr nach Hause. Da macht es nichts, wenn wir etwas Falsches sagen.«

»Prost!«, rief Max und erhob sein Bierglas. Er trank einen Schluck und lehnte sich zurück. »Verstehen Sie uns nicht falsch. Jeremy ist ein feiner Kerl, aber ...«

»Aber manchmal ein bisschen zu clever für uns«, fuhr Mandy fort.

»Er ist Ihr persönlicher Assistent?«, fragte Nisha.

»Ja. Er unterstützt uns in all den Dingen, die uns nicht so liegen, wie Öffentlichkeitsarbeit und, ähm, Marken-Image und ähm …« Mandy suchte nach Worten.

»Das Einzige, womit Mandy und ich uns auskennen, ist die Herstellung von Sportkleidung und -ausrüstung. Wir haben mit einer Nähmaschine in unserer Einzimmerwohnung angefangen und dann unseren Weg gemacht. Aber heutzutage braucht man anscheinend jemanden, der für einen das Reden übernimmt.«

Mandy platzierte mit Schwung einen Teller mit Würstchen und Kartoffelbrei vor ihrem Mann. »Jetzt isst du erst mal was, bevor du weiterredest.«

»Wo ist Stanley?«, erkundigte sich Nisha, nachdem sie mit einigen Bissen des köstlichen Essens ihr Magenknurren beruhigt hatte.

»In seinem Zimmer«, erwiderte Mandy. »Er isst vor dem Fernseher zu Abend.«

»Der Junge ist verzogen«, sagte Max mit einem Seufzer.

»Sensibel«, widersprach Mandy. »Das ist nur eine Phase, die er gerade durchmacht.«

»In der steckt er, seit er fünf ist!«

Mandy zuckte mit den Schultern. »Na, verderben wir uns nicht den schönen Abend mit Gesprächen über Stanley. Was möchten Sie noch über die Spiele wissen, Nisha?«

»Also, die erste Veranstaltung morgen klingt nach einer Menge Spaß«, antwortete Nisha. »Erzählen Sie mir etwas mehr darüber.«

»Ah …« Max' Miene hellte sich auf. »Der Trampolin-Wettkampf im Stadion! Wobei es allerdings kein gewöhnliches Trampolinspringen wird. Nicht mit so langweiligen gewöhnlichen Trampolinen.« Er grinste. »Hüpfburgen trifft es schon eher.«

»Hüpfburgen?« Nisha lachte und ein bisschen Soße tropfte von ihrem Mund auf das T-Shirt. »Ups …« Sie wischte den Fleck weg. »Ich wusste doch, dass mir das passiert, während wir uns unterhalten.«

»Das wird ein Wettkampf für die ganze Familie«, erklärte Mandy. »Anschließend findet ein weiteres Straßenrennen statt, diesmal für Kleinkinder, mit Plastikschweinchen zum Schieben. Und die Schweinchen quieken und grunzen sogar, wenn man sie vorwärtsbewegt.«

Nisha lachte, doch da schoss ihr ein Gedanke durch den Kopf. »Ist es das Rennen, das an der Stadtfarm in der Uferstraße vorbeiführt? Dann sollten Sie wissen, dass dort eine Sitzblockade stattfindet und die Straße deshalb womöglich gesperrt ist.«

Nisha berichtete den Speedwells von dem Vorhaben des Stadtrats, das Grundstück an ein Bauunternehmen zu verkaufen, das dort einen Bürokomplex plane, und dass die Leute ihre Stadtfarm nicht verlieren wollten. Sie erzählte von Tony und seiner Suche nach dem Goldenen Gral, der wahrscheinlich unter Tonnen von Beton begraben würde, falls er ihn nicht bis zum Ende der Woche fand.

»Ich wünschte, wir hätten früher von der Sache erfahren«,

sagte Max, als sie geendet hatte. »Wir hätten vielleicht das Land von der Stadt kaufen können.«

»Es wäre wirklich schön, Eigentümer einer Stadtfarm zu sein«, stimmte Mandy zu. »Das ist eine gute Sache. Dort lernen Kinder wie unser Stanley, dass Erbsen nicht in Plastikbeuteln wachsen.«

»Oder Würstchen auf Bäumen«, fügte Max hinzu.

»Na ja«, sagte Mandy achselzuckend. »Jetzt ist es zu spät, aber geben Sie uns Bescheid, sobald Tony ein neues Zuhause für die Farm gefunden hat. Wir finanzieren dann ein paar Ställe ... oder was er sonst so benötigt.«

»Und mir tut die Sache mit dem Goldenen Dingsda leid«, erklärte Max. »Hoffentlich findet Ihr Freund ihn rechtzeitig.«

»Oh, er ist nicht *mein* Freund«, wehrte Nisha ab und wurde rot bis zu den Haarwurzeln.

»Aber bald, da wette ich drauf«, gackerte Mandy und knuffte Nisha in die Wange.

Es war schon dunkel, als Nisha schließlich zur Farm zurückkehrte. Die Leute auf dem Gehsteig hatten es sich mit Schlafsäcken, einige sogar mit kleinen Zelten, bequem gemacht und die meisten schliefen. Sie schlich sich leise an ihnen vorbei und läutete am Tor. Tony eilte herbei, um sie einzulassen.

»Hattest du Erfolg?«, erkundigte sich Nisha leise, während sie über den stillen Hof zu Tonys Wohnwagen gingen.

»Ich bin mir nicht sicher«, antwortete Tony. »Es ist alles

ein bisschen merkwürdig. Auf einem der Pläne sind jede Menge Keller eingezeichnet.« Er pochte mit dem Fuß auf den Boden. »Aber wie man zu den unterirdischen Räumen gelangen soll, ist mir ein Rätsel.«

Sie setzten sich in den Wohnwagen und studierten während der folgenden Stunden die Karten. Tony verschlang nebenher dankbar die Portion Würstchen mit Kartoffelbrei, die Mandy Nisha ausdrücklich für ihn mitgegeben hatte.

Die beiden bekamen nicht mit, wie sich zwei Gestalten aus dem Wohnwagen am anderen Ende des Hofs schlichen. Daisy und Dilly trugen Plastikhandschuhe und machten sich, mit kleinen Taschenlampen ausgerüstet, erneut auf die Suche nach der Tür, die der Schlüssel öffnen würde.

»Wir haben das gesamte Gelände abgesucht, richtig?«, wisperte Daisy.

»Richtig«, flüsterte Dilly. »Also müssen wir in den Untergrund. Alle Paläste verfügten über Keller.«

»Über viele Keller«, wisperte Daisy. »Manche hatten auch Verliese.«

»Vielleicht gehört der Schlüssel zur Tür eines Verlieses«, überlegte Dilly mit aufgerissenen Augen. »Ich hoffe, wir stoßen nicht auf irgendwas Gruseliges da unten.«

»Erst einmal müssen wir überhaupt den Zugang finden«, gab Daisy zu bedenken. »Aber wo?«

Dilly verzog angestrengt das Gesicht, während sie nachdachte.

»Durch eine Falltür?«, schlug sie dann vor.

Daisy grinste. »Das ist es!«, sagte sie. »Gut gemacht, Dilly. Wir suchen nach einer Falltür.«

Sie hoben die Hände und schlugen sie gegeneinander.

»Aber wir müssen systematisch vorgehen«, flüsterte Daisy. »Fangen wir beim Tor an und arbeiten uns dann über den Hof vor.«

»Auf allen vieren?«, fragte Dilly.

»Auf allen vieren«, stimmte Daisy zu.

»Den Blick auf den Boden«, wisperte Dilly.

»Den Blick auf den Boden«, wisperte Daisy.

Und so schlichen sie lautlos zum Tor.

Während Tony und Nisha die Karten des Uferpalasts studierten und die Zwillinge auf der Suche nach einer Falltür über den Hof krabbelten, machten sich die Schafe zum Ausbruch bereit.

Sie hatten länger geschlafen als geplant und mittlerweile war es stockdunkel. Beinahe so dunkel wie in Eppingham.

»Funkelnde Lichter«, höhnte Oxo, »die Stadt, die niemals schläft …«

»Ihr kommt eh zurück«, unkte eine Stimme von der anderen Seite der Hecke. Caprian starrte seine Nachbarn spöttisch an. »Man muss gewieft sein, um in der Großstadt zu überleben; zu allem bereit, trendig, ein Partytier …« Er machte ein paar tanzähnliche Verrenkungen und wippte mit dem Kopf zu einer imaginären Musik. »Das ist kein Ort für Dünnbrettbohrer vom Land wie euch.«

»Dünnbrettbohrer, ja?«, knurrte Oxo und scharrte mit dem Vorderhuf auf dem Boden, bereit zum Angriff.

»Und was euren Heiligen Kübel angeht, Digger«, fuhr Caprian fort. »Den könnt ihr vergessen. Ihr habt keine Chance.«

»Was weißt du von dem Heiligen Kübel?«, fragte Sally, mit einem Mal misstrauisch und nervös.

»Wie ich bereits sagte, Schätzchen: Caprian weiß *alles*.«

»Steht hier nicht rum und diskutiert mit dem«, flüsterte Will eindringlich. »Wir müssen weg, solange die Menschen alle schlafen.«

»Genau.« Oxo scharrte wieder mit dem Huf. »Einer für fünf und fünf für ein Loch …« Und er stürmte auf den Zaun zu, den Daisy und Dilly erst an diesem Morgen so sorgsam errichtet hatten.

Wenige Augenblicke später standen alle fünf Schafe draußen auf dem Weg.

»Wo geht es jetzt lang?«, fragte Oxo.

»Dem Licht nach«, antwortete Will. »Dem auf der Straße, vor dem Tor.«

»AchduliebesGras …« Jasmine bekam plötzlich wackelige Beine. »Vergesst nicht: Haltet Ausschau nach dem Hund.«

»Tschüss, Verlierer«, rief Caprian ihnen nach. »Ihr kommt zurück. Wenn ihr Glück habt.«

Das Anwesen der Farm war übersichtlich. Es bestand nur aus zwei Wegen mit Ställen zu beiden Seiten und einer freien Fläche in der Mitte, wo Besucher picknicken konnten. Außerdem gab es einen Gemüsegarten, das Hühnergehege und ein mit Gras bewachsenes Gelände, auf dem die Wohnwagen der Mitarbeiter standen. Weiter hinten in Richtung der Mauer zum Fluss lag ein unebenes Feld, überwuchert von Nesseln und Brombeergestrüpp.

Die Schafe bewegten sich so leise wie möglich den einen Weg entlang zum Tor. Sie blieben stehen, als die Hundehütte in Sichtweite kam. Die Hündin spitzte die Ohren, schnüffelte, dann winselte sie ganz leise und legte ihre Schnauze wieder auf die Pfoten. Die Schafe schlichen weiter.

»Wär schön, wenn alle Hunde so wären«, murmelte Oxo.

»Ohjaschönschönschön …«, flüsterte Jasmine.

Daisy und Dilly hatten ihre krabbelnde Suche beim Tor begonnen und arbeiteten sich nun den Weg entlang vor, bislang erfolglos. In ihnen keimte gerade ein wenig Frust auf, als sie Schritte hörten.

»Der Fluch?«, flüsterte Dilly und riss die Augen angstvoll auf.

»Wir glauben nicht an den Fluch«, flüsterte Daisy. »Schon vergessen?«

»Natürlich nicht«, wisperte Dilly. Allerdings überzeugte sie damit weder sich noch ihre Schwester. Sie richtete sich auf, um sich umzuschauen, und ging hastig wieder in Deckung. »Das ist Tony!«, flüsterte sie. »Und seine Freundin.«

Es gab keine Möglichkeit, sich zu verstecken, und so pressten sich die Zwillinge der Länge nach flach auf den mit Stroh bedeckten Weg und rührten sich nicht.

Tony und Nisha schlenderten, an den reglosen Zwillingen vorbei, in Richtung Tor. Tony schloss es auf und dann standen sie schüchtern und ein wenig betreten einander gegenüber.

»Also dann … ähm … gute Nacht, Nisha. Und, ähm, danke für all deine Hilfe.«

»Gern geschehen«, erwiderte Nisha. »Ich helfe gern.«

Daisy und Dilly lagen mit den Nasen im staubigen Stroh und wagten kaum zu atmen, um nicht niesen zu müssen.

»Na, macht schon …«, murmelte Daisy leise, während Tony einfach nur weiter herumstand.

»Bevor wir ersticken«, flehte Dilly.

Doch plötzlich wurde alles noch schlimmer. Sie hörten ein neues Geräusch: ein leises Trappeln und Atmen.

»Das *ist* jetzt der Fluch«, wisperte Daisy.

»Das *ist* er«, wisperte Dilly.

Sie kamen hastig auf die Knie, aber bevor sie noch aufstehen und davonlaufen konnten, schlug ihnen eine Wolke heißen Atems ins Gesicht und fünf gelbe Augenpaare starrten ihnen direkt in die Augen.

Dilly stopfte sich die Faust in den Mund, um nicht laut loszuschreien. Der Schlüssel fiel ihr aus der Hand.

Während Oxo sich an den entsetzten Mädchen vorbeidrängte, senkte er kurz den Kopf und schnappte nach dem Schlüssel, der klirrend die Zähne berührte, bevor er seine Kehle hinunterglitt.

Das ist ja mal eine zähe alte Karotte, dachte Oxo und trottete rasch weiter auf das Tor zu.

Daisy und Dilly sahen den Schafen mit stummem Entsetzen nach.

Nisha und Tony waren hinaus auf die Straße getreten und ein Stückchen weiterspaziert. Tony hatte all seinen Mut zusammengenommen und hielt jetzt Nishas Hand, während er versuchte, noch mehr Mut aufzubringen, um sie zu küssen. Sie bemerkten nicht, dass Idas fünf seltene Rasseschafe hinter ihnen in der Nacht verschwanden.

Oxo, Sally, Linx, Jasmine und Will passierten die schlafenden Demonstranten auf dem Gehsteig und schlugen den Weg Richtung Hauptstraße ein.

»Gute Nacht!«, sagte Tony zum wiederholten Mal. »Ich wünschte, ich hätte Blumen für dich.«

»Du musst mir nicht ständig Blumen schenken«, lachte Nisha. Sie beugte sich vor und gab ihm einen flüchtigen Kuss auf die Wange. »Wir sehen uns morgen.« Dann eilte auch sie in die Nacht davon.

Daisy und Dilly warfen sich wieder flach auf den Boden, als Tony das Tor hinter sich schloss und leise pfeifend zu seinem Wohnwagen zurückging. Als er darin verschwunden war und sie hörten, wie die Tür zuschlug, standen sie auf.

»Er hat das Tor zugesperrt«, flüsterte Daisy.

»Was sollen wir tun?«, sagte Dilly. »Der Schlüssel ist weg!«

»Denk nach!«, forderte Daisy. »Denk nach!«

»Aber nicht hier«, sagte Dilly. »Womöglich kommt er zurück.«

»Wer?«, fragte Daisy. »Tony oder der Geist?«

Dilly packte Daisy am Arm. »Tony. Wir glauben nicht an Geister, schon vergessen?«

Sie hasteten zu ihrem Wohnwagen. Vor den Stufen blieben sie wie angewurzelt stehen. Ein großer Zettel klebte an der Tür.

ERINNERT EUCH AN ARTHUR UPTON
UND DEN FLUCH DES GOLDENEN GRALS!

Die Spur der Wolle

Daisy und Dilly frühstückten in ihrem Wohnwagen. Die Tür war noch verschlossen und verriegelt. Sie saßen nebeneinander auf dem unteren Stockbett, wo Daisy sonst schlief, und aßen trockenes Müsli, weil sie keine Milch mehr hatten und zu verängstigt waren, um den Wohnwagen zu verlassen und welche zu holen.

Die Nachricht, die an der Tür geklebt hatte, lag zwischen ihnen auf dem Bett.

Daisy holte tief Luft und tippte mit dem Finger darauf. »Das muss ein Scherz sein«, erklärte sie.

»Das, was irgendjemand unter einem Scherz versteht«, stimmte Dilly zu.

»Tony kann es aber auf keinen Fall gewesen sein, oder?«, fragte Daisy.

Dilly schüttelte den Kopf. »Nein, Tony war es *nicht*. Er war mit Nisha zusammen. Und anschließend haben wir selbst gesehen, wie er zu seinem Wohnwagen zurückging.«

Daisy stand abrupt auf und Müsliflocken rieselten herab. Sie schnappte sich den Zettel, knüllte ihn zusammen, schleuderte ihn auf den Boden und trampelte darauf herum. »So!«, rief sie. »Das halten wir von diesem Scherz!«

»Genau!«, bekräftigte Dilly. Sie warf einen Blick auf die Uhr. »Aber wegen der ganzen Grübelei über den Zettel sind wir spät dran. Wir hätten schon längst die Hühner füttern sollen.«

»Und den Ziegenbock«, sagte Daisy. »Und die Gänse.« Sie ließ sich erneut auf das Bett plumpsen. »Die müssen warten. Erst gilt es, die Schafe zu finden.«

»Sie können mittlerweile überall sein«, stellte Dilly fest.

»Mit unserem Schlüssel in einem ihrer Mägen«, fügte Daisy hinzu.

»Wir müssen Tony nur Bescheid geben, dass wir den Vormittag frei haben wollen«, sagte Dilly.

»Das machen wir gleich, wenn wir ihn sehen«, stimmte Daisy zu.

»Aaaarrggh …!«

Mit der friedlichen morgendlichen Ruhe war es schlagartig vorbei.

Tonys Schrei von draußen ließ die Mädchen zusammenzucken.

Sie schauten einander an. Es war keine Zeit mehr, länger herumzusitzen.

Tony stand neben der zertrümmerten Einfriedung und stierte in den leeren Schafspferch. Als würden die entlaufenen Tiere plötzlich wieder auftauchen, wenn er nur fest genug starrte. Caprian, der Ziegenbock im Nachbargehege, beobachtete Tony aus halb geschlossenen Augen.

»Was soll ich Ida und Todd bloß sagen?«, jammerte Tony und schlug sich mit den Fäusten gegen die Schläfen. »Warum habe ich nur angeboten, mich um ihre Schafe zu kümmern? Die Tiere sind verhext! Durchgeknallt! Ausbruchskünstler!« Als Tony aufschaute, standen zwei besorgte Mädchen neben ihm.

»Entschuldige, dass wir uns verspätet haben«, sagte Daisy.

»Wir haben verschlafen«, ergänzte Dilly. »Was ist passiert?«

»Wo sind die Schafe?«, fragte Daisy und machte eine verwunderte Miene.

Tony schlug sich wieder gegen die Schläfen. »In Afrika … Asien … auf dem Mond … keine Ahnung.«

»Oje!«, sagte Daisy.

»Wie furchtbar!«, sagte Dilly. Die Zwillinge wechselten einen bedeutungsvollen Blick. »Jemand sollte losgehen und sie suchen.«

»Auf der Stelle«, stimmte Daisy zu. »Es ist gefährlich für die Schafe, wenn sie sich auf der Straße rumtreiben.«

»Sollen wir uns auf die Suche machen?«, fragte Dilly.

»Während du mit den Eigentümern telefonierst?«, fügte Daisy hinzu.

Tony fand die Fassung wieder und wandte sich dankbar an seine Helferinnen. »Würdet ihr das tun? Ihr könnt mich anrufen, sobald ihr sie irgendwo in die Enge getrieben habt. Ich komme dann mit dem Lieferwagen, um sie zurückzubringen.«

»Schon unterwegs«, rief Daisy.

»Keine Sorge, Tony«, beruhigte ihn Dilly und tätschelte seinen Arm. »Wir finden sie.«

»Klar schafft ihr das«, sagte Tony. »Tausend Dank!«

Die Demonstranten draußen auf dem Gehsteig waren auch schon wach und bereiteten sich auf kleinen Campingkochern ihr Frühstück zu, als Tony das Tor aufsperrte. Er erwiderte nickend ihre munteren Guten-Morgen-Rufe.

Einer der Protestler fing schon wieder an zu singen:

»Old MacTony hat 'ne Farm,
hihahihahoo.
Und auf der Farm da gibt's ein Schaf,
hihahihahoo.
Man hört mäh-mäh hier und mäh-mäh da …«

Tony biss die Zähne zusammen und versuchte zu lächeln.

Daisy und Dilly kamen zum Tor geeilt.

»Wir haben ein bisschen Futter mit, um sie anzulocken«, sagte Daisy und zeigte Tony einen Beutel mit Karotten und Kohlblättern.

»Und noch ein Seil, um sie festzubinden«, fügte Dilly hinzu.

»Gute Idee«, lobte Tony. Dann steckte er zwei Finger zwischen die Lippen und stieß einen durchdringenden Pfiff aus. »Aber was ihr auf jeden Fall braucht, ist einen Hund.«

Die Krieger waren die ganze Nacht kreuz und quer durch ein verwirrendes Labyrinth von Straßen getrabt. Bei Tagesanbruch hatten sie völlig die Orientierung verloren und waren erschöpft. Als Oxo eine kleine Insel mit Gras und Blumen entdeckte, stürmte er ohne Vorwarnung durch den Strom an Autos und Bussen. Die übrigen Krieger rannten ihm nach.

»OhmeinSchwanzohmeinSchwanzohmeinSchwanz …«, blökte Jasmine jammernd und wich mit einem Satz einem Auto aus, das auf sie zuraste. Sie machte eine Bruchlandung neben Will und der Wagen schoss hupend vorbei.

»Du bist jetzt in Sicherheit, Jasmine, Liebes«, keuchte Sally, die beinahe selbst unter die Räder gekommen wäre.

Ein nicht abreißender Strom von Autos, Bussen und Lieferwagen umbrauste die Schafe. Der Lärm war so Angst einflößend, dass nicht einmal Oxo das Verlangen verspürte, an den Blumen der gepflegten Rabatten zu knabbern.

»Ich glaube, das nennt man einen Kreisverkehr«, mutmaßte Will. »Das soll Autofahrern helfen, wenn jeder in eine andere Richtung will.«

»Autos, pah«, grummelte Oxo. »Und was ist mit kreuzenden Schafen? Wir sind denen völlig egal, oder?«

»Vermutlich begegnen ihnen hier nicht sehr oft Schafe«, erwiderte Will. Unvermittelt wurde seine Aufmerksamkeit von dem Hinweisschild über ihren Köpfen abgelenkt. Er verrenkte sich den Hals und spähte hinauf. Er war baff. »Seht ihr den Pfeil?«, fragte er. »Da oben?«

Alle starrten hinauf.

»Der weist in die Richtung von etwas, was Stadion heißt«, erklärte Will. »Ich weiß nicht mehr genau, was ein Stadion ist, aber da, unter dem großen goldenen Becherdings, stehen noch mehr Worte: *Holt euch Gold!*«

»Wer holt sich Gold?«, erkundigte sich Oxo.

»Wir, Holzschädel«, sagte Jasmine. Sie war immer noch gereizt und aufgebracht, weil sie beinahe ihren Schwanz verloren hätte.

»Aber nicht nur wir«, warf Sally ein und rappelte sich auf die Hufe. »Ich entsinne mich, dass ich euch erst gestern darauf aufmerksam gemacht habe, dass auch einige Menschen hinter dem Gold her sind, also sich *unseren* Heiligen Kübel holen wollen!«

»Leute, ich habe nicht gesagt, dass ich mir da ganz sicher bin«, beeilte sich Will klarzustellen. »Es war nur so ein Gedanke, das ist alles …«

Aber Sally überging seinen Einwand. »Wir müssen uns sputen!«, schrie sie. »Wir müssen von diesem Kreiseldings runter und dann mit Schafsgeschwindigkeit zum – wie hast du es genannt, Will?«

»Dem Stadion.«

Sally strahlte in die Runde. »Also, einer für fünf und fünf für –«

»Frühstück!«, unterbrach Oxo mit Nachdruck und versenkte seine Schnauze in einem Beet mit Petunien und Geranien. »Dauert nicht lange.«

Daisy und Dilly fanden es zunächst leicht, die Fährte der Schafe aufzunehmen. Die ersten Hinweise entdeckten sie direkt vor dem Farm-Tor: zierliche kleine Hufabdrücke auf den Schlafsäcken der Demonstranten. Jasmine war fest entschlossen gewesen, Sally nicht von der Seite zu weichen, selbst wenn sie dafür über einige schlafende Menschen klettern musste.

Als die Zwillinge den Anfang der Uferstraße erreichten, blieben sie stehen. Die Querstraße vor ihnen war sehr viel breiter, belebter und lauter. Es gab Läden, Häuser und viel Verkehr. Und Menschen, Hunderte von Menschen, die zur Schule oder zur Arbeit eilten.

»Links lang?«, fragte Daisy.

»Oder rechts?«, fragte Dilly.

Daisy schaute zu dem schwarz-weißen Collie der Farm hinunter, der neben ihnen stand. »Und? Wo geht es lang, Sheba?«

Sheba schaute zu Daisy auf und klopfte freundlich mit dem Schwanz auf den Gehsteig.

»Du bist keine große Hilfe«, sagte Dilly. »Kannst du nicht ihre Witterung aufnehmen?« Plötzlich fiel ihr Blick auf ein kleines Fellbüschel, das an einem Abfalleimer hängen geblieben war. »Links entlang«, verkündete sie mit der Wolle zwischen den Fingerspitzen. »Das hier ist eindeutig Lincoln-Langwolle.«

»Eine seiner Locken, kein Zweifel«, stimmte Daisy zu und sie hasteten weiter, den Blick suchend auf den Gehsteig gerichtet. Sheba trottete neben ihnen her.

Nach ungefähr hundert Metern blieb Dilly wieder stehen. Sie deutete auf eine Topfpflanze vor einem Restaurant. Der Lorbeerbaum war herzhaft angeknabbert worden und weitere kleine Wollbüschel hingen an dem Topf.

»Das ist ja ein Kinderspiel«, freute sich Dilly. »Schau …«

»Ein Kinderspiel, ja«, bekräftigte Daisy und zupfte die Wolle ab. »Die stammt von dem großen Oxford-Schafbock.«

Sie eilten weiter, aber an der nächsten Kreuzung verlor sich die Spur.

Sheba schaute fragend zu den Mädchen auf und wedelte nach wie vor mit dem Schwanz.

»Was bist du denn für ein nutzloser Hund?«, schimpfte Daisy. »Schnüffel! Los, nimm die Witterung auf!«

»So!«, sagte Dilly. Sie ließ sich auf alle viere sinken und tat so, als würde sie auf dem Gehsteig schnuppern.

Sheba beobachtete sie interessiert und wedelte mit dem Schwanz.

Dilly hörte auf, zu schnuppern, aber blieb auf allen vieren. »*Ich* rieche was hier«, stellte sie fest. »Selbst wenn der dumme Hund das nicht tut.«

Daisy ging neben ihrer Schwester auf die Knie. »Schafsködel?«

»Schafskötel«, bestätigte Dilly. Sie musterte den kleinen grünlich braunen Klumpen auf dem Pflaster. »Ein paar Leute sind schon reingetreten, aber das sind eindeutig Schafskötel.«

»Da drüben auch«, sagte Daisy und krabbelte zu dem nächsten Klumpen.

»Und da, noch einer«, rief Dilly und krabbelte hinter ihrer Schwester her.

So krochen die Zwillinge die Straße entlang und suchten schnüffelnd das Pflaster nach weiteren Schafsköteln ab. Manche Leute schimpften, sie sollten aus dem Weg gehen, andere lachten und applaudierten: Vielleicht war das ja Teil der Familien-Spaß-Spiele?

»Da ist wieder Wolle!«, rief Daisy plötzlich. »Da vorne. Cremeweiß!«

»Ich hab's gesehen«, antwortete Dilly. Sie streckte den Arm aus, schloss die Faust um ein dickes Büschel weißen Fells und riss daran.

»Hey! Was soll das?«, brüllte eine außerordentlich wütende Frau, die Stiefel aus Schaffell trug. »Hände weg!«

Dilly rappelte sich auf. »Oh, Entschuldigung … tut mir leid …«

»Sehr leid«, bekräftigte Daisy.

Die beiden rannten schnell weiter. Sheba blieb brav an ihrer Seite.

»Dumme Frau«, schimpfte Dilly. »Warum trägt sie auch mitten im Sommer Schaffell-Stiefel?«

»Viel zu heiß dafür«, stimmte Daisy zu. »Zurück auf alle viere?«

Aber ehe Dilly antworten konnte, übertönte den lauten Straßenlärm ein noch viel lauteres Geräusch: ein ohrenbetäubendes Quietschen von Bremsen, dann noch eines und noch eines.

Die Zwillinge starrten mit großen Augen auf den Kreisverkehr vor ihnen.

»Das sind sie …«, stieß Daisy hervor.

»Unsere Schafe …«, sagte Dilly. »Mit *unserem* Schlüssel!«

Sie rannten los.

»Halt die Kohlblätter bereit!«, rief Daisy.

»Und das Seil!«, rief Dilly.

Aber weder das Futter noch das Seil kamen zum Einsatz. Die Mädchen waren gezwungen, am Straßenrand stehen zu bleiben und geduldig zu warten, bis der Verkehr wieder in geordneten Bahnen verlief. Ein Busfahrer war mit seinem Bus auf die grasbewachsene Verkehrsinsel geholpert, um den Schafen auszuweichen, die vor ihm über die Fahrbahn galoppierten. Jetzt mühte er sich, im Rückwärtsgang auf die Straße zurückzusetzen. Autos standen kreuz und quer, weil die Fahrer das Steuer herumgerissen hatten, um nicht den Bus oder andere Fahrzeuge zu rammen, und nun versuchten alle, ihre Autos wieder in Fahrtrichtung zu manövrieren. Und die ganze Zeit über strömten weitere Autos, Lieferwagen und Busse auf den Kreisverkehr zu, was für zusätzliches Chaos sorgte.

Ein Polizist erschien auf der Bildfläche und wünschte sogleich, er hätte sich nicht blicken lassen.

»Na los, macht schon!«, schrie Daisy und stand bereits mit einem Fuß auf der Fahrbahn.

»Wir müssen da rüber …«, flehte Dilly.

Der Polizist zeigte zornig mit dem Finger auf sie und schickte sie mit einem energischen Winken zurück auf den Gehsteig.

Dann kam ein Bus vor den Mädchen zum Stehen und versperrte ihnen die Sicht.

»Wo sind sie hin?«, jammerte Daisy.

»Ich sehe nichts«, jammerte Dilly. »Sie sind uns entwischt!«

Sheba setzte sich, um ein bisschen auszuruhen.

Den Kriegern war, bis auf Will, das Tohuwabohu, das sie hinter sich ließen, gar nicht bewusst. Will hatte versucht, Oxo davon abzuhalten, den roten Londoner Bus anzugreifen. Aber vergeblich. Oxo war überzeugt davon, dass der Bus ihm absichtlich den Weg versperrte, und das konnte er ihm nicht durchgehen lassen. Mit quietschenden Bremsen hatten der Bus und die meisten Autos dahinter gestoppt und die Schafe waren kreuz und quer zwischen den Fahrzeugen bis zur Stadionstraße geflitzt. Schilder mit Pfeilen an den Laternenmasten wiesen ihnen den Weg: *Speedwell Stadion – Holt euch Gold!*

Während sie die Stadionstraße entlangtrabten, begann

Linx mit dem Kopf zu wippen und setzte zu dem Rap an, der ihm seit dem Vortag durch den Kopf ging:

»Jetzt sind wir draußen, im trubelnden Leben,
In den Straßen der Großstadt der Gefahr entgegen.
Wir brauchen keinen Rat von ’nem alten Ziegenbock
Mit dem verschlagenen Blick und dem Zottelrock.
Ich mein’s nicht persönlich, aber ihr wisst, was ich denke?
Wir brauchen keine Ziege, damit sie uns lenke.
Denn wir sind Kriegerschafe mit einer Mission,
Suchen den goldenen Eimer der Schafsnation.
Also, erobern wir uns den Kiez, die ganze Stadt!
Hey, gewieft, wie wir sind, geht alles glatt!«

Die anderen stimmten mit ein, während sie weitermarschierten:

»Los, erobern wir uns den Kiez, die ganze Stadt!
Hey, gewieft, wie wir sind, geht alles glatt!«

Auf der Farm hatte Tony alle Hände voll damit zu tun, die Tiere zu füttern und die Ställe auszumisten, während seine Gedanken sorgenvoll um den Goldenen Gral, die Sitzblockade und die Schafe kreisten. Er beschloss, Ida und Todd nicht anzurufen. Es brachte nichts, die beiden zu beunruhigen. Noch nicht.

Als er sämtliche Pflichten erledigt hatte, kehrte er in seinen Wohnwagen zurück und starrte ein paar Minuten lang auf die alten Palastpläne, aber er war zu ungeduldig, um still zu sitzen. Also streifte er über das Gelände und überlegte, wo sich der Zugang zu den Kellern befinden könnte. Die Keller waren auf den Plänen eingezeichnet, aber wie gelangte man dorthin? Wenn er nur den Zugang entdeckte, würde er auch den Goldenen Gral finden, davon war er überzeugt.

Draußen vor dem Tor sangen nach wie vor die Demonstranten. Glücklicherweise waren sie von *Old MacTony* zu einem anderen Lied übergegangen. Die Melodie erinnerte ein bisschen an das Weihnachtslied *Jingle Bells*:

»Unsere Farm, unsere Farm, mitten in der Stadt,
Ach, was haben wir dort Spaß, die macht ihr uns nicht platt!
Ach …«

Tony entdeckte Lulu in der singenden Menge und trat aus dem Tor, um mit ihr zu reden.

»Unglaublich, wie viele Leute sich dem Protest angeschlossen haben«, sagte er und ließ den Blick über die Menschenansammlung schweifen.

»Das war doch klar! Die Leute hängen an der Farm und wollen sie nicht verlieren.« Lulu lächelte. »Und wenn es sonst noch etwas gibt, womit ich dich unterstützen kann, musst du es bloß sagen.«

»Eine Sache wäre da schon«, erwiderte Tony und ergriff

die Gelegenheit beim Schopf. »Ich würde sehr gern Mathilde Bonifaz kennenlernen.«

Lulu lächelte. »Ich sehe mal, was ich tun kann. Aber heute geht es nicht. Sie war am Morgen sehr müde. Manchmal verbringt sie den ganzen Tag im Bett.«

»Sicher doch. Ich verstehe«, sagte Tony.

»Ich werde es aber nicht vergessen«, versprach Lulu.

Sie stimmte wieder in den Gesang ein und Tony suchte weiter das Farm-Gelände ab. Er dachte daran, Nisha anzurufen, doch dann fiel ihm ein, dass sie den ganzen Tag über damit beschäftigt war, live von den Familien-Spaß-Spielen zu berichten. Der erste Wettkampf sollte um zwölf Uhr im Stadion beginnen. Das war schon in einer halben Stunde.

Im Speedwell-Turm machten sich Max und Mandy fertig. Stanley war immer noch im Schlafanzug.

»Los, Stan!«, sagte Mandy. »Beeil dich. Wir werden heute viel Spaß haben.«

Stanleys einzige Antwort war ein Grunzen.

Max verlor allmählich die Geduld. »Zieh dich für den Wettkampf an, Junge. Wir fahren in fünf Minuten los. Ist das Auto bereit, Jez?«

Jeremy, der es hasste, wenn man ihn Jez nannte, nickte. »Ja, und ich habe in einer E-Mail bei der Presse durchsickern lassen, dass ein Mitglied der königlichen Familie zu den Spielen kommt.«

Max und Mandy waren entsetzt.

»Aber das ist gelogen!«, rief Max.

Jeremy lächelte ein durchtriebenes Lächeln. »Nicht gelogen, Mr Speedwell, nur … ein Tippfehler. Das bedeutet jedenfalls, dass ein ganzes Rudel Fotografen im Stadion auf uns wartet. Erstklassige Werbung, verstehen Sie.« Er schaute Stanley finster an. »Und deshalb sollten wir nicht zu spät kommen.«

Während die Speedwells diese ziemlich beunruhigende Unterhaltung mit Jeremy führten, hatten die Zwillinge endlich die Schafe eingeholt. Nachdem sie am Kreisverkehr die Tiere aus den Augen verloren hatten, waren sie eine gute Stunde besorgt durch die Straßen gestreift. Auf ihre Fragen nach einer Herde Schafe hatten sie von Passanten manchmal schiefe Blicke, manchmal grobe Antworten geerntet. Zu guter Letzt wurde ihnen von einem kleinen Mädchen der richtige Weg gewiesen.

Die Stadionstraße war mittlerweile nahezu ausgestorben. Die Zuschauer hatten bereits ihre Plätze eingenommen und Tag zwei der Spiele würde in Kürze beginnen. Sobald die Sponsoren Max und Mandy Speedwell eintrafen. Auf einem riesigen Schild über den Eingangstoren prangte das Logo der Spiele – ein großer goldener Pokal – im strahlenden Sonnenschein. Unter dem Logo blinkte das Motto *Holt euch Gold*. Und darunter, den Blick auf das blinkende Schild gerichtet, standen die Wollbälger, die ihnen so viel Ärger bereiteten.

Daisy blieb stehen und packte Sheba am Halsband. Sie

beugte sich zu der Hündin hinunter. »Hör zu, du dämlicher Köter. Das ist deine Chance, zum Held zu werden. Treib sie zusammen, altes Mädchen. Treib sie für uns zusammen. Lauf! Na los! Lauf, lauf!«

Sheba schaute zu Daisy hoch und wedelte mit dem Schwanz.

»Du bist ein Hütehund, schon vergessen?«, zischte Dilly. »Mach schon!«

»Los!«, befahl Daisy.

»Los!«, riefen Daisy und Dilly gemeinsam und beide gaben Sheba einen Tritt.

Die Krieger hörten das Getrappel von Pfoten hinter sich auf dem Gehsteig. Als sie sich umdrehten, jagte da ein Hund auf sie zu. Er bellte und knurrte und bleckte seine großen, weißen Zähne.

Hüpfburgen-Trampolin

Die Kriegerschafe pressten sich gegen die Stadionmauer. Es gab keinen Fluchtweg.

»AchduliebesGrasachduliebesGrasachduliebesGras …«, jammerte Jasmine. »Erwirdmichbeißenbeißenbeißen!«

Sheba kam schlitternd vor ihnen zum Stehen und hörte auf, zu bellen und zu knurren. Sie legte sich hin und winselte.

»Guter Hund«, rief Daisy, während sie sich langsam den Schafen näherte. Das Seil in der Hand hatte sie zu einem Lasso geknüpft.

»Bleib! Bleib …«, rief Dilly. »Guter Hund!«

Sheba winselte erneut und drückte ihre Pfoten auf die Ohren. Sie wollte kein guter Hund sein. Und ganz sicher kein Hütehund. Ja, sie war nicht einmal gern überhaupt ein Hund. Sie hatte die Nase voll von Menschen, die sie ständig herumkommandierten. »Sitz … Bring … Platz … Steh auf …« Das nahm einfach kein Ende. Soweit sie das beurteilen konnte, hatten Schafe ein sehr viel ruhigeres Leben. Sie schienen die meiste Zeit herumzuwandern und zu fressen. Sie winselte nochmals und schaute das kleine schwarz-weiße Jacobschaf an.

»Keine Panik«, sagte sie freundlich. »Ich werde dich nicht beißenbeißenbeißen. Ich beiße nie. Aber ich soll euch zur Farm zurückbringen. Das wollen die Menschen.«

Die Schafe starrten den nicht beißenden Hund an und machten vor Verblüffung große Augen.

»Ich gehorche nur den Befehlen«, seufzte Sheba. »So, wie ich es letztlich immer tue.«

»Vertraut ihr nicht!«, knurrte Oxo. »Sie ist ein Hund.«

Aber Sally drängte sich hastig vor ihn. »Nein, mein Junge. Ich übernehme das.« Sie senkte den Kopf so weit, dass sie Sheba direkt in die Augen sehen konnte.

Man hörte die übrigen Schafe entsetzt nach Luft schnappen.

»AchduliebeSally … Was tust du da?«

Sally versuchte, die lange rosafarbene Zunge der Hündin und ihre spitzen Zähne zu ignorieren. Dann sprach sie mit ruhiger, fester Stimme.

»Vielleicht ist das eine gute Gelegenheit, den Befehlen einmal *nicht* zu gehorchen«, erklärte sie. »Einmal zu rebellieren.«

Sheba schaute in die freundlichen gelben Augen des alten Schafs.

Sally sprach gütig weiter. »Ich halte viel von Tradition. Und seit uralten Zeiten ist es Tradition, dass Hunde tun, was Menschen ihnen sagen. Aber manchmal muss man mit einer Tradition brechen und selbstständig denken.«

Die anderen trauten ihren Ohren nicht. *Sally!* Mit Traditionen brechen!

»Manchmal müssen wir tun, was *richtig* ist«, fuhr sie fort. »Und in diesem Augenblick ist es richtig, uns gehen zu lassen. Siehst du, wir sind auf einer Mission. Wir sind dazu berufen, den Heiligen Kübel zu finden. Und wenn du uns jetzt zur Umkehr zwingst, ist die Zukunft der Schafheit in Gefahr.«

Sheba hörte aufmerksam zu. Sie hatte keinen blassen Schimmer, was der Heilige Kübel war, aber sie begann, mit dem Schwanz zu wedeln. Vielleicht war es tatsächlich an der Zeit, sich einmal rebellisch zu zeigen! Sie streckte den Kopf vor und leckte Sally über das Gesicht.

»Du bist nett«, sagte sie. Dann erhob sie sich abrupt und wich vor der kleinen Herde zurück. »Hinter euch öffnet ein Mann das Tor. Lauft! Lauft, lauft!«, kläffte sie. »Durch das Tor. Schnell!«

Daisy warf ihr Lasso nach Sallys Hals, aber Sheba sprang hoch, schnappte es und weigerte sich, loszulassen. Dilly stürzte sich auf Will, um ihn zu Boden zu werfen, doch das Lamm war klein und wendig und entzog sich ihrem Griff.

Die Schafe machten auf den Hufen kehrt und flohen durch das Tor ins Stadion.

»Haltet sie!«, brüllte Daisy und sprintete auf den Eingang zu.

»Haltet sie!«, brüllte Dilly und sprintete neben ihrer Schwester her.

Scheppernd schlug das Tor vor den Nasen der Mädchen zu.

»Habt ihr Eintrittskarten?«, fragte der Wachmann, der gerade ein Schild mit der Aufschrift *AUSVERKAUFT* angebracht hatte.

»Nein«, sagte Daisy.

»Wir hatten welche, aber wir haben sie verloren«, log Dilly.

»Tut mir leid«, entgegnete der Wachmann. »Ohne Eintrittskarten kann ich euch nicht ins Stadion lassen.« Er hob eine Hand. »Und ich habe keine Zeit für Diskussionen.« Er wandte sich an seinen Kollegen. »Fang die Schafe ein, bevor die Speedwells eintreffen!«

Daisy rüttelte an den Gitterstäben des Tors. »Ich wette, die Schafe haben auch keine Tickets!«, schrie sie.

Die Zwillinge stapften zu der wartenden Sheba zurück. Die Hündin wedelte nervös mit dem Schwanz.

»Nutzloser Hund!«, schimpfte Daisy. Sie ließ sich auf den Gehsteig plumpsen, die Füße im Rinnstein.

Dilly tat es ihr nach. »Völlig nutzlos.«

Sheba fühlte sich überhaupt nicht nutzlos.

»Und jetzt?«, fragte Daisy.

»Ich schätze, wir müssen hier warten«, erwiderte Dilly,

»bis sie rausgeworfen werden.« Sie kramte in dem Beutel mit den Schafsködern. »Willst du ein Kohlblatt?«

Die Zwillinge hockten auf dem Randstein und knabberten rohe Kohlblätter, als Mandy Speedwell in ihrem verbeulten alten Jeep ohne Verdeck vorfuhr. Max saß neben ihr, während Stanley und Jeremy sich auf die Rückbank gequetscht hatten. Mandy hing sehr an ihrem betagten Jeep. Er erinnerte sie an die alten Zeiten, als sie und Max sich keinen besseren Wagen leisten konnten. Sie hatte sämtlichen Überredungsversuchen Jeremys widerstanden, sich ein neues Auto zu kaufen. Jetzt machte er gerade einen neuen Anlauf.

»Es geht um das Image, Mrs Speedwell«, sagte er. »Der Wagen, den man fährt, sagt genauso viel über jemanden aus wie seine Kleidung.«

Mandy lachte. »Armer Jeremy. Sie haben es nicht leicht mit zwei altmodischen Fortschrittsmuffeln wie uns.«

Jeremy schenkte ihr ein schmallippiges Lächeln, aber seine Aufmerksamkeit wurde abgelenkt. Er hatte gerade zwei Menschen entdeckt, die er kannte. Sie saßen auf dem Gehsteig und aßen Kohlblätter.

Daisy und Dilly hatten ihn ebenfalls erkannt.

»Das war Cousin Jeremy!«, rief Daisy.

»Cousin Jeremy, genau«, stimmte Dilly zu. »Sieh mal einer an: Er arbeitet also immer noch für die Speedwells.«

»Dann hat er es noch nicht zu Reichtum gebracht?«, sagte Daisy.

»Sieht nicht so aus«, sagte Dilly.

»Was für ein Schaumschläger«, seufzte Daisy. »Weißt du noch? Wie er immer damit prahlte, dass er spätestens mit fünfundzwanzig Jahren Millionär sein würde?«

»Dann sollte er sich besser ranhalten. In drei Monaten ist es so weit.« Dillys Miene hellte sich auf. »Wäre das nicht toll, wenn wir den Goldenen Gral fänden und vor ihm reich würden?«

Daisy lächelte ebenfalls. »Das wäre toll!«, stimmte sie zu. »Der und sein aufgeblasenes Getue.«

Im Stadion jubelten die Zuschauer, als Nisha die Ankunft der Speedwells verkündete. Sie hielt sich mit dem Mikrofon in der Hand neben ihrem Kameramann bereit, um live für Öko-TV von den Spielen zu berichten.

»Also, uns erwartet jetzt ein Staffellauf der etwas anderen Art«, erklärte sie. »Zu beiden Seiten des Spielfelds sind – ja, Sie sehen ganz recht – Hüpfburgen aufgebaut. Zwei Reihen mit riesigen Hüpfburgen. Es stehen immer zwei gleichfarbige einander gegenüber: zwei in Pink, zwei grüne und so weiter. Sie sind jeweils in der Mitte, über der Arena, mit Brücken verbunden, die übrigens genauso wackelig aussehen wie die Burgen.« Die Kamera machte einen Schwenk über das Stadion. »Und hier kommen die Mannschaften!«, rief Nisha aus. »Jedes Familienteam trägt die Farbe seiner Burg. Die Zuschauer bereiten ihnen einen begeisterten Empfang!« Nisha hielt inne. »Und jetzt teilen sich die Vierer-Teams in Zweiergruppen auf: Jeweils zwei gehen zur Hüpfburg auf der rechten, zwei zur Hüpfburg auf der linken Seite. Die Mannschaften bestehen aus bunt zusammengewürfelten Familienmitgliedern: Mütter, Väter, Kinder, Cousins oder Cousinen, Tanten oder Onkel, was auch immer. Jetzt klettern sie auf die Burgen. Hoppla! Eines der Kinder aus dem gelben Team hat Schwierigkeiten beim Hinaufklettern – nein, geschafft! Sein Dad hat es hochgehoben. Gut gemacht!« Die Kamera schwenkte zurück. »Und nun kann es auch fast schon losgehen. Wir warten nur noch darauf, dass sich die Speedwells ebenfalls zu ihren Hüpfburgen begeben, um bei dem Spaß dabei zu sein.« Nisha machte wieder eine Pause. »Und da sind sie! Aber ich sehe nur drei?« Sie lauschte auf eine Stimme in ihrem Kopfhörer. »Oje! Gerade habe ich erfahren, dass Stanleys Cousine Sharon Windpocken hat und nicht mit dabei sein kann. Ach, was für ein Jammer! Gute Besserung, Sharon!« Sie hielt inne und schaute angestrengt zum anderen Ende der Arena. »Moment – es sieht so aus, als ob in letzter Sekunde jemand für Sharon einspringt … Das ist Jeremy, der persönliche Assistent der Speedwells!« Nisha unterdrückte mit einem Räuspern das Lachen. »Also, das ist eine Überraschung. Da kommt er schon, in seinem orangefarbenen Trainingsanzug. Und Max hilft ihm, auf die orangefarbene Hüpfburg zu klettern. Bravo, Jeremy!«

Jeremy stand schwankend auf der Hüpfburg und bemühte sich, nicht allzu übellaunig zu wirken. Er wusste, die Fernsehkamera hatte ihn im Blick.

»Danke, Jez …«, sagte Max und grinste von einem Ohr

zum anderen. »Ich zahle dir einen Bonus, falls wir gewinnen.«

»Wir *können* nicht gewinnen«, presste Jeremy hervor. »Wir sind keine Familie.«

»Na, wir können trotzdem unser Bestes geben«, entgegnete Max. »Einfach nur zum Spaß.« Er zwinkerte Jeremy zu. »Wegen der guten Werbung und all dem.«

»Und hier hören Sie«, rief Nisha in ihr Mikrofon, als lauter Jubel losbrach, »wie die Menge das Symbol der Familien-Spaß-Spiele begrüßt: den Speedwell-Pokal! Er wird gerade in die Arena getragen und auf seinen Sockel gestellt. Selbstverständlich besteht er nicht aus echtem Gold. Er soll lediglich ein Symbol dafür sein, worum es bei diesen Spielen geht: Familie, Gemeinschaft, Sportsgeist, persönlichen Einsatz und Teamgeist. Am Ende der Woche wird der Name der Familie, die sich am meisten angestrengt hat, in den Pokal graviert und sie darf ihn ein Jahr lang behalten. Entscheidend ist dabei nicht, wer die meisten Medaillen holt.«

Erneut erschallte Jubel auf den Tribünen.

»Und hier kommen die Schiedsrichter. Oder nennt man sie Juroren? Oder Wettkampfrichter? Ganz, wie Sie wollen. Ich will Ihnen kurz die Spielregeln ins Gedächtnis rufen: Es wird einen Staffellauf geben. Jede Mannschaft erhält zum Start einen Eimer voll Wasser. Der erste Spieler jedes Teams muss mit dem Eimer vom hinteren Teil der Hüpfburg zum vorderen Rand gelangen und dann die Aufblas-Brücke zur gegenüberliegenden Burg überqueren. Es macht nichts, wenn ein Spieler auf dem Weg von der Brücke abrutscht, aber natürlich kostet ihn das Zeit. Auf der anderen Seite muss er wieder auf die Burg klettern, ohne dass ihm seine Teamkameraden dabei helfen, und den Eimer an den nächsten Spieler übergeben – der am hinteren Ende der Hüpfburg wartet. Gewonnen hat die Mannschaft, deren Mitglieder als Erste sämtliche Überquerungen schaffen *und* das meiste Wasser im Eimer haben. Wenn ein Eimer runterfällt, muss das betroffene Team noch mal von vorne beginnen. Und da ertönt der Startschuss! Der Wettkampf hat begonnen!«

Die Schafe hörten den Pistolenschuss und das Geschrei der Zuschauer. Irgendetwas Großes, Lautes ging über ihren Köpfen vonstatten. Sie befanden sich unter dem Spielfeld, wo sie durch Korridore und Umkleideräume irrten. Dem Wachmann waren sie mühelos entkommen. Der Mann war es gewohnt, auf seinem Hintern zu sitzen und Eintrittskarten zu kontrollieren, nicht streunenden Tieren nachzujagen. Allerdings hatten die Krieger sich leider völlig verlaufen.

Oxo, der wie gewöhnlich die Führung übernommen hatte, entdeckte endlich einen aufgemalten Pfeil an der weißen Wand.

»Bringt uns das irgendwie weiter, Will?«, erkundigte er sich.

Will schaute zu dem Schriftzug unter dem Pfeil hinauf. »Äh … also, da steht: *Arena hier entlang.*«

»Was ist eine Arena?«, fragte Oxo. »Was zu fressen?«

Will dachte krampfhaft nach. »Eine Arena ist …«, schlagartig fiel es ihm ein, »eine freie Fläche«, rief er aus. »Ein Feld im Freien, wo Menschen Sport treiben und spielen.«

»Das taugt mir«, grunzte Oxo. »Hier unten in den Tunnels werde ich noch ganz mürbe im Kopf.« Und er marschierte in die Richtung, in die der gemalte Pfeil zeigte.

Der Hüpfburgen-Staffellauf war in vollem Gange, als Oxo, Sally, Linx, Jasmine und Will den Aufgang zum Spielfeld erreichten. Ängstlich verharrten sie oben, lauschten dem Johlen der Menge und wussten nicht, ob sie sich hinauswagen sollten.

Das blaue und das grüne Team hatten ihre Eimer bereits einmal verloren und wieder von vorne angefangen. Das leichteste Mitglied der pinken Mannschaft war in hohem Bogen von der Burg katapultiert worden, als sein Vater einen etwas zu kraftvollen Hüpfer machte, und mühte sich jetzt ab, wieder hinaufzuklettern. Die Teilnehmer der roten Mannschaft hingegen wurden von so heftigen Lachkrämpfen geschüttelt, dass sie kaum noch stehen konnten. Mandy und Max vom Team Orange hatten sich recht gut geschlagen und nur wenige Tropfen Wasser verschüttet. Jetzt kam Jeremy an die Reihe und kämpfte sich mit wackligen Schritten vom hinteren Rand der orangefarbenen Hüpfburg zur Vorderkante vor.

»Komm schon, Jez!«, brüllte Stanley von der gegenüberliegenden Burg zu ihm hinüber. »Los!«

Jeremy biss die Zähne zusammen. Dafür wollte er einen

sehr großen Bonus als Wiedergutmachung, so viel stand fest.

»Na also!« Max grinste. »Stan lässt sich doch noch vom Wettkampffieber anstecken.« Er hüpfte leicht auf und ab. »Vorwärts, Jez … Vorwärts, Jez!«

Die Kriegerschafe nahmen indessen endlich all ihren Mut zusammen. Sie traten in die Arena hinaus und verharrten dicht aneinandergedrängt im Schatten der Tribünen. Zunächst bemerkten sie den goldenen Pokal auf seinem Sockel gar nicht. Er stand am anderen Ende des Spielfelds, hinter den Hüpfburgen.

Dann sog Linx plötzlich scharf die Luft ein. »Leute, seht ihr, was ich sehe …?«

Die anderen folgten seinem Blick.

»Das goldene Dingsbums auf dem Zaunpfosten da, Sally«, fuhr Linx fort. »Ist das der Heilige Kübel?«

»Selbstverständlich *nicht*«, entgegnete Jasmine verächtlich, bevor Sally antworten konnte. »Es hat keinen Henkel. Eimer haben einen Henkel.«

Sally spähte mit zusammengekniffenen Augen über das Spielfeld. »Kübel, Liebes«, korrigierte sie Jasmine ruhig. »Wie oft habe ich es euch schon gesagt: Wir suchen nach dem Heiligen *Kübel*. Und der sieht ganz sicher nicht wie der alte rostige Eimer aus, mit dem Todd und Ida den Hühnern ihr Futter bringen.«

Während die Schafe noch in die Arena starrten, erschallte plötzlich laut Nishas Stimme über ihren Köpfen.

»Das orangefarbene Team übernimmt die Führung! Da ist Jeremy! Er hat es fast schon über die aufblasbare Brücke geschafft. Und der letzte Läufer, Stanley, steht am hinteren Ende der Burg in den Startlöchern, um nach dem Eimer zu greifen …«

Die Zuschauer jubelten und trampelten mit den Füßen.

»Aber die lila Mannschaft holt auf! Das wird ein Kopf-an-Kopf-Rennen. Oder besser gesagt ein Eimer-an-Eimer-Rennen …«

Will lauschte konzentriert Nishas Worten. Die Menschen interessierten sich anscheinend nur dafür, ein Wettrennen zu gewinnen und dieses Ruhmdings zu bekommen, von dem er nicht recht verstand, was es damit auf sich hatte. Er glaubte nicht, dass sie hinter dem Heiligen Kübel her waren.

Nishas Stimme wurde vor Aufregung ganz heiser. »Da! Jeremy gerät ins Schwanken … fällt er von der Brücke? Nein, er fängt sich wieder, aber Jill vom lila Team holt auf! Oh – jetzt kämpft auch sie mit dem Gleichgewicht. Das ist ein unglaubliches Rennen, ohne Frage! Beide Mannschaften KÄMPFEN UM GOLD!« Ihre letzten Worte hallten in der Arena wider.

Sally richtete sich zu voller Größe auf. »Linx, du hast recht!«, verkündete sie. »Ich bin mir jetzt vollkommen sicher. Das *ist* der Heilige Kübel. Und es gilt, keine Zeit zu verlieren.« Sie holte tief Luft. »Einer für fünf und fünf für einen!« Dann stürmte sie laut blökend in die Arena. »Und fünf für den Heiligen Kübel!«

»Einer für fünf und fünf für einen! Und fünf für den Heiligen Kübel!«, brüllten die anderen und galoppierten ihr nach. Sogar Will.

Oxo wich nie einem Hindernis aus, wenn er den direkten Weg nehmen konnte. Die aufblasbare Brücke zwischen den beiden grünen Hüpfburgen lag vor ihm wie eine lange Hecke aus Plastik. Mit einem Satz landete er darauf.

Boing! Oxo schoss in die Luft. *Boing … boing*, hoch und wieder runter, hoch und wieder runter. Aus dem Augenwinkel sah er, dass Linx ebenso in die Luft geschleudert wurde. Auf dem Weg nach unten flogen seine Locken in die Höhe, sodass seine entgeistert aufgerissenen Augen zu sehen waren, und klatschten ihm dann wieder ins Gesicht auf dem Weg nach oben. Sekunden später hüpften alle fünf Schafe auf der Brücke wie auf einem Trampolin.

»AchduliebesGrasachduliebesGrasachmeineMägen!«, schrie Jasmine, als sie endlich den Absprung schaffte.

»Beugt euch vor, wenn ihr in der Luft seid, Leute!«, rief Will den anderen zu. »Wir haben noch eine weite Strecke vor uns.«

Beim Auftauchen der Schafe in der Arena war der Lärm auf den Tribünen schlagartig verstummt. Selbst Nisha fehlten die Worte. Aber als die Tiere hüpfend und kletternd die weiteren Brücken überquerten und sich zum hinteren Ende des Spielfelds vorarbeiteten, fingen die Zuschauer an, zu kichern und zu johlen. Und bald bogen sie sich vor Lachen.

Nur Stanley lachte nicht. Er schaute sich verschlagen nach

allen Seiten um, sah seine Chance gekommen und machte einen großen Satz zur Vorderkante der Burg, während alle Augen auf den Schafen ruhten. Er packte Jeremy am Arm und zog ihn hoch.

»Das ist Betrug«, zischte Jeremy. »Du darfst mir nicht helfen. Du musst am hinteren Ende warten.«

»Niemand kriegt es mit«, entgegnete Stanley. »Gib mir den Eimer.«

Er schnappte ihn sich und ließ sich auf die Brücke gleiten. Dann balancierte er wackelig darüber. Er hatte schon beinahe die gegenüberliegende Burg erreicht und ein selbstzufriedenes Lächeln huschte über sein Gesicht, als Oxos Schatten auf ihn fiel. Der mächtige Schafbock landete mit einem dumpfen Rums und ließ die orangefarbene Brücke wie Wackelpudding erzittern. Oxo und Stanley wurden beide hoch in die Luft geschleudert. Einmal. Dann standen Stanleys Füße wieder auf der Brücke. Aber nur einen flüchtigen Augenblick lang. Er taumelte rückwärts und fiel hin. Das Wasser aus dem Eimer ergoss sich über sein Gesicht.

Oxo hatte den Jungen auf der orangefarbenen Brücke kaum wahrgenommen. Sein Blick war fest auf den Heiligen Kübel gerichtet, der auf diesem Zaunpfostendings stand. So, wie er die Lage einschätzte, gab es nur eines, was er tun konnte: den Kübel da runterstoßen. Oxo stürmte los und hatte den Sockel schon fast erreicht, als ihn plötzlich der Wachmann erblickte, der die Schafe suchte, seit sie ohne Eintrittskarten durch das Tor galoppiert waren. Er sah seine Chance gekommen, selbst etwas Ruhm einzuheimsen. Rasch sprang er zu dem goldenen Pokal, riss ihn vom Sockel und dann rannte er damit unter dem tosenden Applaus der Menge aus der Arena. Die Schafe, allen voran der mächtige Oxford-Schafbock, schlitterten an dem Podest vorbei und nahmen die Verfolgung auf.

Oxo bekam nicht mit, wie ein zweiter Wachmann das hintere Stadiontor öffnete. Und ebenso wenig, dass der Mann mit dem Heiligen Kübel unvermittelt zur Seite trat. Ehe er sich's versah, war er durch das Tor gepoltert und jagte jetzt über den Gehsteig. Die übrigen Krieger waren dicht hinter ihm. Scheppernd schloss sich das Tor.

Auf der Stadtfarm suchte Tony noch immer nach dem Zugang zu den Kellern, als Lulu auftauchte.

»Hallo!«, grüßte sie. »Ich habe mich gefragt, ob du die Neuigkeit schon gehört hast?«

»Neuigkeit?«

»Eine Herde Schafe hat im Stadion ein Chaos verursacht. Das sind nicht zufällig deine?«

Tony nickte niedergeschlagen. »Klingt sehr danach … Wo sind sie jetzt?«

»Das weiß keiner. Sie sind wieder verschwunden.« Lulu seufzte mitfühlend. »Und dann ist da noch was … eine weitere schlechte Nachricht. Die Leute des Bauunternehmens bereiten sich darauf vor, mit der Arbeit loszulegen. Am Ende der Straße wurde gerade eine Planierraupe geparkt.«

Tony stöhnte auf.

»Aber mach dir deshalb erst mal keine Sorgen«, sagte Lulu. »Such du deine Schafe. An *mir* kommen die Bagger nicht vorbei.«

Tony sah Lulu nach, die mit großen Schritten zum Tor zurückging. »Danke!«, rief er ihr hinterher. »Und, äh, du vergisst nicht, dass ich gern mit Mathilde Bonifaz sprechen würde? So bald wie möglich?«

Daisy und Dilly kauerten immer noch auf dem Randstein und warteten, dass sich das Haupttor des Stadions wieder öffnete, als Daisys Handy klingelte. Es war Tony.

»Wir haben sie gefunden«, berichtete Daisy.

»Aber wir haben sie wieder aus den Augen verloren«, fügte Dilly hinzu.

»Ich hätte euch nicht darum bitten dürfen, sie einzufangen«, sagte Tony mit einem schuldbewussten Seufzen. »Das sind keine gewöhnlichen Schafe. Kommt zurück zur Farm.«

»Oh, nein!«, wehrte Daisy ab.

»Oh, nein!«, wiederholte Dilly. »Sobald die Stadiontore geöffnet werden, verfolgen wir sie weiter.«

»Aber auf den nutzlosen Hund zählen wir nicht mehr«, erklärte Daisy und schaute Sheba finster an.

»Also, wenn ihr wirklich meint«, sagte Tony. »Danke für alles, ihr beiden.«

Als Nächstes rief er Ida an.

»Hallo, Ida«, sagte er, bemüht, sich nichts anmerken zu

lassen. »Ähm … habt ihr heute Morgen die Spiele im Fernsehen gesehen?«

»Nein, haben wir nicht«, antwortete Ida mit Nachdruck. »Wir haben den Fernseher nicht eingeschaltet, seit du vor zwei Tagen hier warst. Ich will nicht, dass irgendetwas Todd von der Prüfungsvorbereitung ablenkt.«

Todd murrte irgendwo im Hintergrund.

»Schön, schön«, erwiderte Tony. »Ganz recht! Es freut mich, das zu hören.«

»Also, wir sehen uns morgen Abend, wie geplant«, sagte Ida. »Grüß die Schafe von uns.« Sie hielt inne, mit einem Mal wurde sie misstrauisch. »Es ist doch alles in Ordnung mit ihnen, oder?«

»Oh ja …« Tony bemühte sich noch angestrengter, entspannt zu klingen. »Es geht ihnen bestens. Überhaupt keine Probleme.«

Während Tony Ida anschwindelte, standen die Krieger auf der Straße vor dem hinteren Stadiontor.

»Es gibt zwei Wege hinein und heraus«, stellte Will fest. »Und der Heilige Kübel ist noch drinnen. Vielleicht sollten wir uns aufteilen: Zwei von uns beobachten dieses Tor hier und drei behalten das andere im Auge?«

Die übrigen Krieger schauten betreten auf ihre Hufe.

»Nein, Liebes«, widersprach Sally schließlich. »Wir sind Schafe und es liegt in unserer Natur, als Herde zusammenzubleiben. So war es schon immer.«

»Und es liegt in der Natur meiner Mägen, dass sie Mittagessen wollen«, mischte sich Oxo ein. »Auch das war schon immer so.« Er marschierte zu einem großen, frisch angelegten Blumenbeet in der Nähe des Tors. »Hier muss es doch etwas geben, was sich zu fressen lohnt.« Er trampelte über das kleine Schild, das besagte: *Bitte die Blumen nicht berühren*, und rupfte an einem Büschel Ringelblumen.

Die anderen schlossen sich ihm an. Während sie kauten, hingen sie ihren Gedanken nach – nun ja, zumindest Will dachte nach.

»Ich weiß nicht genau, was wir jetzt unternehmen sollen«, sagte er unvermittelt, »aber ich weiß, dass du vorhin sehr heldenhaft reagiert hast, Sally. Wie du mit dem Hund gesprochen hast, war wirklich beeindruckend.«

»AchduliebesGras ... ja!«, blökte Jasmine. »Sooo heldenhaft!«

»Absolut«, stimmte Linx zu. »Mann, du warst der Hammer!«

»Danke, Kinder«, erwiderte Sally bescheiden. »Man tut sein Bestes.« Sie warf Oxo einen Blick zu, um zu sehen, ob er ebenfalls etwas zu der Angelegenheit zu sagen hatte, aber er hatte gar nicht zugehört. Er trat von einem Huf auf den anderen und schien sich ziemlich unbehaglich zu fühlen.

»Geht es dir nicht gut, Oxo?«, fragte sie.

Oxo ließ sich schwerfällig auf den Boden fallen. »Mein Bauch rumort so komisch«, grunzte er. »Es ist der erste Magen. Muss an den Blumen liegen.«

»An den Ringelblumen ist nichts auszusetzen«, widersprach Jasmine. »Was hast du sonst noch gegessen?«

Oxo ächzte. »Keine Ahnung. Aber ich muss hier ein Weilchen sitzen. Bis mein Magen sich beruhigt hat.«

»Wir ruhen uns alle ein bisschen aus«, ordnete Sally an und ließ ihr ausladendes Hinterteil auf ein Grüppchen zarter Petunien plumpsen. »Ja, ich muss jetzt nämlich ein wenig *nachdenken*. Über die Strophe dreihundertzweiundzwanzig. Ich bin mir sicher, sie ist von entscheidender Wichtigkeit. Sie fällt mir ganz sicher gleich wieder ein …«

Die Schafe saßen noch immer entspannt im Blumenbeet, als eine halbe Stunde später das hintere Stadiontor aufschwang und ein verbeulter alter Jeep herausfuhr.

»Sally, wach auf! Oxo … schau!«, schrie Will aufgeregt. »Schaut!«

Der Jeep fuhr langsam an ihnen vorbei. Die Frau am Steuer und die drei anderen Menschen im Auto kniffen wegen des grellen Sonnenlichts die Augen zusammen und keiner von ihnen bemerkte die Schafe.

»Der Mann auf der Rückbank!«, schrie Will. »Der mit dem Bart! Er hat unseren Heiligen Kübel. Kommt!«

Den Hügel hinauf

Daisy und Dilly bahnten sich grob ihren Weg zum Stadion, sobald das Haupttor sich öffnete. Aber sie bewegten sich gegen den Strom von Menschen, die herauskamen, und als sie endlich das Tor erreichten, hatte der Wachmann schlechte Nachrichten für sie.

»Die haben wir rausgeworfen«, erklärte er stolz. »Durchs hintere Tor. Schon eine Ewigkeit her.«

Die Zwillinge rannten um das Stadion herum, aber es war weit und breit kein Schaf zu sehen.

»Und jetzt?«, keuchte Dilly. »Zurück zur Farm?«

»Nein«, widersprach Daisy. »Wir nehmen die Jagd wieder auf …« Sie hob eine zerkaute Ringelblume auf, die mitten auf der Straße lag. »Hier geht's lang!« Und sie marschierte los. Sheba zog sie hinter sich her.

Die Spur durchweichter Ringelblumen fand ihr Ende und die Zwillinge gingen dazu über, Passanten nach den Schafen zu fragen. Zu guter Letzt hatten sie Glück.

»Ja«, antwortete eine Frau. »Ich habe sie gesehen. Sie sind mitten auf der Straße hinter dem Jeep der Speedwells hergerannt. Man hätte meinen können, dass sie ihn ganz gezielt verfolgten.« Sie tätschelte Shebas Kopf. »Kann nicht euer Hund die Fährte aufnehmen?«

»Sie hat ihren Geruchssinn verloren«, entgegnete Daisy.

»Liegt an der Luftverschmutzung«, fügte Dilly hinzu.

»Also, da lang sind sie«, erklärte die Frau und wies ihnen die Richtung.

Shebas Nase wusste haargenau, wohin die Schafe verschwunden waren. Sie konnte sie deutlich riechen. Ihre unsichtbare Spur führte zu einer Grünanlage namens Riverside Park. Aber Sheba würde ihre neuen wollenen Freunde nicht verraten.

Der Park umfasste eine höher gelegene Ebene und einen sehr steilen Hang, der sich hinunter bis zu einem breiten Weg erstreckte. Als Daisy, Dilly und Sheba oben ankamen, wimmelte es vor Familien, die es sich unter den Bäumen zum Picknick bequem gemacht hatten. Der Duft von Curry, Pizza, Würstchen und reifen Pfirsichen wehte zu den hungrigen Zwillingen herüber. Sie bemühten sich, nicht ans Essen zu denken, und hasteten von einem Grüppchen zum anderen, um sich nach der Schafherde zu erkundigen. Diesmal ohne Erfolg. Alle waren zu sehr mit ihrem Essen beschäftigt.

Daisy seufzte und schaute zu Sheba hinunter. »Nutzloser Hund«, murmelte sie.

»Nutzloser Hund«, wiederholte Dilly.

Sheba hörte auf, mit dem Schwanz zu wedeln. Es war ihr egal, wie die Mädchen sie nannten, aber die Duftfährte der Schafe war jetzt so intensiv, dass selbst die erbärmlichen Nasen der beiden Menschen sie bald wahrnehmen würden. Es war höchste Zeit zu handeln. Sie drehte sich um und trabte aus dem Park, wobei sie vorgab, eifrig zu schnüffeln. Dann schaute sie auf und wartete darauf, dass die Zwillinge ihr folgten.

»Hat sie letztlich doch noch den Dreh rausbekommen?«, fragte Daisy.

»Vielleicht ja«, sagte Dilly.

Sheba wedelte erneut mit dem Schwanz, sie schnupperte und schnüffelte noch geräuschvoller. Dann, die Schnauze dicht über dem Gehsteig, entfernte sie sich rasch ein paar Schritte weiter vom Park und stieß ein vielversprechendes kurzes Bellen aus.

»Tatsächlich!«, schrie Daisy.

»Sie hat die Fährte aufgenommen!«, schrie Dilly.

Die Mädchen sprinteten hinter Sheba her aus dem Park.

Und weg von den Schafen.

Die Krieger hatten Unterschlupf in einem der kleinen Zelte gefunden, die man am oberen Rand des grasbewachsenen Hangs aufgestellt hatte; in einem Zelt mit der Aufschrift *SANITÄTER*. Will wusste nicht, was das Wort bedeutete, aber bei ihrer Ankunft war das Zelt leer gewesen und so hatten sie es in Beschlag genommen. Es war ein strahlender Sommernachmittag ohne eine einzige Wolke am blauen Himmel und nach der Verfolgung des Jeeps durch heiße, verkehrsreiche Straßen benötigten sie alle eine Ruhepause im Schatten. Besonders Oxo und Sally.

Oxo ließ sich schwerfällig nieder.

»Hast du immer noch Schmerzen, mein Junge?«, fragte Sally.

Oxo stöhnte. »Fühlt sich so an, als ob irgendwas in meinen Mägen herumklappern würde.«

»Alter, da klappert sicher jede Menge Zeug in deinen Mägen herum«, stellte Linx fest.

Sally sank ebenfalls auf den Boden. »Nun, mein Junge, ich schlage vor, du ruhst dich hier neben mir aus, während die anderen den Heiligen Kübel im Auge behalten.« Sie schaute die übrigen Schafe besorgt an. »Ihr seht ihn doch noch, oder, Kinder?«

Will schob mit dem Kopf die Zeltplane beiseite. Unter einem Baum, nicht weit entfernt, stand der geparkte Jeep, den sie verfolgt hatten. Die Leute waren ausgestiegen. Der junge Mann mit dem Bart hielt den Heiligen Kübel fest umklammert.

»Ja, ich sehe ihn«, erklärte Will.

»Gut. Dann halten wir jetzt abwechselnd ein kleines Nickerchen, bevor wir, äh, loslegen«, entschied Sally. »Oxo und ich machen den Anfang. Ihr anderen bleibt in Alarmbereitschaft und wachsam.«

Linx, Jasmine und Will gaben sich alle Mühe, aber Sallys

gleichmäßiges Schnarchen wirkte wie ein Schlafmittel und wenig später waren auch sie fest eingeschlafen.

Der Hauptgrund, warum man den Riverside Park als Austragungsort für den nächsten großen Wettkampf der Familien-Spaß-Spiele gewählt hatte, war der steile Grashang.

»Perfekt!«, stellte Max mit einem Blick hinunter fest. »Ich glaube, die Speedwells schlagen sich in diesem Rennen besser, was, Stanley, mein Junge?«

Stanley schnaubte. Er kauerte, in ein Handtuch gewickelt, auf dem Boden. Das nasse Oberteil seines Trainingsanzugs lag zum Trocknen im Gras ausgebreitet.

»Komm etwas essen, Max«, rief Mandy. Sie hatte bereits einen Picknickkorb aus dem Auto geholt. »Und, Jeremy, Sie können das Ding ruhig abstellen. Niemand wird damit davonlaufen.«

Jeremy umklammerte den Pokal noch fester. »Ich gehe lieber nicht das Risiko ein, dass noch etwas schiefläuft«, entgegnete er steif. »Diese Spiele haben so schon für genug schlechte Werbung gesorgt.«

»Es ist ja nicht unsere Schuld, wenn eine Herde wild gewordener Schafe ständig dazwischenfunkt«, lachte Mandy. Sie nahm den Deckel von einer Plastikdose. »Und Sie sagen doch selbst immer: ›Keine Nachrichten sind schlechte Nachrichten‹. Oder war es: ›Jede Nachricht ist eine gute Nachricht‹? Wie dem auch sei … will jemand ein Würstchen im Schlafrock? Sie sind hausgemacht.«

Während die Speedwells und Jeremy picknickten, holperte ein kleiner Transporter über die Wiese und hielt ganz in der Nähe. Zwei Helfer stiegen aus und machten sich daran, verschiedenfarbige Plastikschlitten auszuladen und sie oben am Hang entlang aufzureihen. Zu beiden Seiten der steilen Rennstrecke hatten die Männer bereits Sicherheitsabsperrungen errichtet. Und unten waren Matten ausgelegt und Strohballen zu einer Barriere aufgeschichtet, um den Aufprall abzumildern. Als die Männer wieder davonfuhren, tauchte Nisha auf.

»Vielleicht überlassen Sie das Reden besser mir«, bat Jeremy und sprang so hastig auf, dass ein Krümelregen auf Stanleys Kopf herabging. »Wir müssen die Reporterin von dem Fiasko heute Morgen ablenken.«

Aber Nisha hatte die Vorfälle schon längst abgehakt.

»Hallo!«, rief sie und kam mit großen Schritten auf die Speedwells zu. »Ich wollte mir nur schnell mal die Rennstrecke ansehen, während der Kameramann alles vorbereitet.« Lächelnd ließ sie den Blick über all die Familien beim Picknick schweifen. »Ich finde es großartig, wie viele unterschiedliche Austragungsorte Sie organisiert haben.«

»Ach, das macht Spaß«, erwiderte Max mit einem bescheidenen Achselzucken.

Nisha schaute an der Startlinie den Hang hinunter.

»Das ist unheimlich steil«, stellte sie fest. »Ich bin froh, dass *ich* da nicht runtermuss.« Sie grinste Jeremy an. »Springen Sie wieder für die Cousine mit den Windpocken ein?«

»Eher einsitzen als einspringen«, gluckste Max.

»Oder rausfallen …«, gackerte Mandy.

»Das ist kein Mannschaftsrennen«, erklärte Jeremy, ohne zu lächeln. »Nur Kinder sind zugelassen.«

Nisha nickte höflich und wechselte das Thema.

»Von hier oben hat man eine fantastische Sicht«, stellte sie fest. »Man sieht sogar die Stadtfarm, von der ich Ihnen erzählt habe.«

Max und Mandy traten neben Nisha und die deutete mit dem Finger in die Ferne. »Sehen Sie? Dort das quadratische Gelände neben der Themse mit den Wohnwagen?«

»Es ist ein Jammer, dass die Farm verschwinden soll«, sagte Max.

Mandy nickte. »Mir tun auch die Leute leid, die in den kleinen Häusern da in der Nachbarstraße wohnen«, fügte sie hinzu. »Ich glaube kaum, dass sie einen riesigen Büroklotz vor der Nase haben wollen.«

»Nein«, sagte Jeremy kühl. »Das wollen wir nicht. Aber wir können nichts dagegen tun.«

Mandy drehte sich überrascht um. »Ist das die Palastblickstraße, Jez? Wo Sie wohnen?«

»Schon mein ganzes Leben«, antwortete Jeremy. »Und vor mir mein Vater und vor ihm mein Großvater.«

»Wie alt sind die Häuser?«, erkundigte sich Nisha.

»Sehr alt«, erwiderte Jeremy. »Sie gehörten früher einmal zum Schloss. Das waren die Unterkünfte für die Dienstboten, Gärtner, Köche und Stallburschen. Aber sie wurden nicht zusammen mit dem übrigen Palastgelände der Stadtverwaltung vermacht.«

»Ich wette, die sind richtig gemütlich«, sagte Mandy und ein Anflug von Neid schwang in ihrer Stimme mit. »Ich mag alte Häuser.«

Jeremy wandte sich ab. Er hatte genug von sich selbst erzählt. »Ich bringe den Pokal runter zu den Aufbauleuten«, erklärte er. »Dann können sie ihn auf den Sockel stellen.«

»Nehmen Sie sich vor wilden Schafen in Acht!«, rief Max.

Mandy sah Jeremy nach, der mit dem Speedwell-Pokal unter dem Arm davonstapfte.

»Er hat die Stadtfarm oder den geplanten Bürokomplex nie erwähnt«, sagte sie. »Warum nicht?«

Nisha zuckte mit den Schultern. »So jemanden nennt man Workaholic. Er kennt kein anderes Thema als die Arbeit.« Sie errötete leicht und warf einen Blick auf die Uhr. »Ich … ähm, ich schau noch schnell auf der Farm vorbei. Möchten Sie mich begleiten und Tony kennenlernen?«

»Den Tony, der nicht Ihr Freund ist?«, fragte Max.

Nisha wurde noch röter.

»Ja«, stimmte Mandy zu, »warum nicht? Das wäre toll.«

Stanley weigerte sich, mitzukommen. Sobald Nisha und seine Eltern weg waren, suchte er nach der Handtasche seiner Mutter. Er öffnete sie und kramte vorsichtig darin herum.

Seine Finger umschlossen den kleinen Tiegel, den er gehofft hatte, darin zu finden, und zog ihn heraus. Bingo!

Lipgloss! Das fettige Zeug, das seine Mutter sich auf die Lippen schmierte, damit sie zart blieben. Er ließ das Döschen in die Tasche seiner Trainingshose gleiten und schloss die Handtasche wieder.

Nisha hatte zwei Gründe für den Abstecher zur Farm: Zum einen wollte sie erfahren, ob Tony Erfolg gehabt hatte bei der Suche nach der verborgenen Tür. Zum anderen wollte sie herausfinden, ob ihm Todds und Idas Schafe entwischt waren. Sie ahnte bereits, dass das der Fall war.

Tony fütterte gerade den Ziegenbock, als sie eintrafen. Nisha schaute fragend auf den leeren Nachbarpferch.

Tony hob die Hände. »Sie müssen letzte Nacht ausgebüxt sein«, sagte er bedrückt und deutete auf das Loch in der Einfriedung. Er lächelte Max und Mandy entschuldigend an. »Ich habe gehört, die Schafe haben den Hüpfburg-Staffellauf ruiniert. Das tut mir leid.«

»Es sind keine gewöhnlichen Schafe«, warf Nisha rasch ein, um Tony zu verteidigen. »Sie wurden als außergewöhnlich schlau eingestuft.«

»Oder außergewöhnlich dämlich«, seufzte Tony. »Das Chaos beim Einkaufswagen-Sprint geht leider ebenfalls auf ihr Konto.«

»Nun ja«, sagte Max ernst. »Die Tiere haben ziemlich viel Ärger gemacht und jede Menge Schäden verursacht. Ich fürchte, Sie werden Schadensersatz zahlen müssen.« Er schaute Mandy an. »Was meinst du, Schatz? Zehntausend Pfund?«

»Zehntausend Pfund!«, keuchte Tony. »Wo soll ich …« Da bemerkte er, dass Max grinste.

»Achten Sie gar nicht auf ihn«, lachte Mandy und gab Max einen kleinen Stups. »Er macht nur Witze. Es ist ja nichts passiert. Die Schafe haben allenfalls für noch mehr Spaß gesorgt. Trotzdem hoffe ich, dass Sie die Herde vor dem Wettkampf heute Nachmittag einfangen.«

»Jep«, stimmte Max zu. »Schafe und Schlitten – die Kombination könnte gefährlich werden.«

Nisha fuhr die Speedwells die kurze Strecke zum Park zurück und ließ sie bei der Startlinie auf dem Hügel raus. Sie würde das Schlittenrennen vom Fuß des Hangs aus kommentieren, weil der Kameramann hoffte, dort besonders dramatische Bilder zu bekommen.

Die meisten hatten mittlerweile ihr Picknick beendet und die Familien drängten sich hinter den Sicherheitsabsperrungen. Der Wettkampf konnte beginnen! Die Aufbauleute hatten unten im Zielbereich den Sockel errichtet, auf dem jetzt der Speedwell-Pokal in der Sonne funkelte.

Jeremy ging oben nervös auf und ab, während Stanley sich das Oberteil seines Trainingsanzugs überzog, das noch ein bisschen feucht war.

»Bist du bereit?«, erkundigte sich Jeremy.

»Jo«, antwortete Stanley mit einem verschlagenen Grinsen. »Mehr als bereit.«

Im Sanitätszelt kam indessen allmählich Leben in die Schafe. Will schreckte mit einem Ruck aus dem Schlaf.

»Der Heilige Kübel! … Wir sollten den Heiligen Kübel bewachen!« Er sprang hastig auf die Hufe, doch bevor er aus dem Zelteingang spähen konnte, räusperte sich Sally.

»Setz dich, Liebes«, befahl sie.

»Aber, Sally! Der Eimer …«

»Der *Kübel*, Liebes.« Sally blickte ihn streng an. »Setz dich!« An die Übrigen gewandt, erhob sie die Stimme. »Wacht auf und hört zu. Mir ist Strophe dreihundertzweiundzwanzig wieder eingefallen.« Sie hielt inne. »Und sie ist *sehr* wichtig.«

Sally wartete, bis Gescharre und Gähnen verstummt waren und sämtliche Krieger sie erwartungsvoll anblickten.

»Ihr erinnert euch sicher, dass Strophe dreihunderteinundzwanzig uns verkündet, was passiert, wenn wir aus dem Heiligen Kübel trinken«, setzte sie an.

Die Krieger nickten.

»Nun, und in Strophe dreihundertzweiundzwanzig erfahren wir, was passiert, wenn wir *nicht* daraus trinken.« Sie senkte die Stimme:

»Wann sie auftaucht, kann niemand sagen,
Die Königin der Dürre, die schlimmste aller Plagen.
Den Heiligen Kübel greift sie, führt ihn zu den Lippen –
Haltet sie auf! Sie darf nicht daran nippen!
Denn trinkt sie *vor* den Kriegern der wollenen Herden,
Erstirbt auf immer das Leben auf Erden.
Aus den Wolken am Himmel fällt nie mehr Regen
Und Bäche und Flüsse versiegen deswegen.

Verdursten müssen alle Lebewesen,
Sind nicht die Kriegerschafe die Ersten gewesen!«

Die Schafe schauten einander einen Augenblick lang schweigend an.

Dann hörten sie von draußen Geschrei. Da waren sie wieder, die Worte: »Holt euch Gold! HOLT EUCH GOLD!« Oxo schob mit seinem massigen Schädel die Plane am Eingang beiseite und die übrigen Schafe drängten sich neben ihn, um ebenfalls hinauszuspähen.

Die Teilnehmer des Wiesen-Schlitten-Rennens standen aufgereiht am Hang. Alle trugen ihre bunten Trainingsanzüge und Helme und in den Händen hielten sie die farblich entsprechenden Plastikschlitten. Ihre Mannschaftskameraden standen hinter ihnen und feuerten sie an, als der Starter die Pistole hob.

»Vorwärts, Stanley! Vorwärts, Stanley!«, schrie Mandy.

»Diesmal liegt es ganz bei dir, Stan!«, rief Max. »Du schaffst das!«

Stanley lächelte bloß in sich hinein und wartete auf den Startschuss. Er wusste, er würde gewinnen. Mit Leichtigkeit.

Die Schafe streckten jetzt die Köpfe aus dem Zelt. Weit unten, am Fuß des steilen Hangs, entdeckten sie, golden schimmernd, den Heiligen Kübel auf seinem Sockel. Sie schauten sich panisch um. Keine Spur von der Königin der

Dürre! Allerdings wussten sie auch nicht, wie diese Königin aussah. Sie konnte überall sein.

»Holt euch Gold!«, brüllte die Zuschauermenge.

Oxo vergaß seine Magenschmerzen und stürmte los.

»Einer für fünf und fünf für den Heiligen Kübel!«, donnerte er.

Und den Hügel hinunter

Die Attacke hügelabwärts zur Rettung des Heiligen Kübels hätte funktionieren können, wenn die Krieger nicht versucht hätten, alle gleichzeitig aus dem Zelt zu stürmen. Die geballte Masse ihrer Körper war zu gewaltig für den Zelteingang und so blieben sie stecken.

»Nicht alle gleichzeitig schieben!«, schrie Will, der in der Mitte klemmte und kaum noch Luft bekam. »Das ganze Zelt bewegt sich … Halt! Halt! Es hebt ab!«

Das Zelt schwankte hin und her, während die Schafe versuchten, sich zu befreien, dann kippte es um. Oxo, Sally und Jasmine wurden ins Gras geschleudert. Entsetzt beobachteten sie, wie das Zelt sich zweimal, dreimal überschlug und dann verkehrt herum wie ein hilfloses Insekt liegen blieb.

Linx und Will waren im Inneren des Zelts gefangen und wurden mit herumgeschleudert. Die ordentlich angeordneten Kästen und Beutel mit der Sanitätsausrüstung flogen ihnen um die Ohren. Eine Flasche mit Desinfektionsmittel zerbrach und die gelbe Flüssigkeit ergoss sich über die beiden.

»Mann, das Zeug stinkt«, schimpfte Linx, während er sich hochrappelte. »Schlimmer als Schafbad.«

»Meußlich«, nuschelte Will und versuchte, sich aus dem Wirrwarr eines Verbands zu befreien, der sich entrollt hatte und ihm über dem Gesicht hing. Er schaute sich benommen um. »Wo ist oben?«

Sie stolperten herum und suchten den Zelteingang. Nach einigen Kletteraktionen gelang es ihnen endlich, sich ins Freie zu kämpfen.

»Hmmmm …«, machte Jasmine, als die beiden draußen im Sonnenlicht neben ihr auftauchten. »Tolles Parfüm, Jungs.«

»Sehr witzig«, knurrte Oxo verärgert, dann schaute er Will eindringlich an: »Wir brauchen einen Plan B.« Den genauen Inhalt von Plan A hatte er schon wieder vergessen.

Das Zelt selbst war ohne viel Lärm umgestürzt, die umstehenden Zuschauer verhielten sich jedoch alles andere als lautlos: Sie waren kreischend und schreiend zurückgewichen.

Ordner mit roten Warnwesten rannten herbei, um herauszufinden, was passiert war, und bildeten dann zügig am Rand des Abhangs eine Kette. Sie hakten einander unter und bewegten sich stetig auf die Schafe zu. Weitere Ordner eilten herbei. Sie bildeten einen Kreis um die Krieger und näherten sich, um sie einzukesseln.

Oxo beäugte die Kette roter Westen, die sich auf sie zubewegte. »Vergesst Plan B«, knurrte er. »Wir brauchen meinen persönlichen Plan A.«

»Der da wäre?«, erkundigte sich Linx.

»Attacke!«

Die Barriere verschränkter Arme löste sich erstaunlich schnell auf, als der wollene Rammbock unvermittelt auf sie zudonnerte. Die erschrockenen Männer und Frauen hechteten zur Seite und der mächtige Oxford-Schafbock galoppierte vorbei, gefolgt von einem korpulenten Southdown-Schaf, einem Lincoln-Langwollschafbock, einem hübschen schwarz-weißen Jacobschaf und einem walisischen Balwen-Lamm, das an seinen kleinen Hörnern einen Verband wie eine lange weiße Schlange hinter sich herzog.

Von dem umgekippten Zelt zum Abhang war es nicht weit, Oxo brauchte nur Sekunden für das kurze Stück, dann stürmte er über die Startlinie und donnerte hinunter. Die fünf Schafe liefen Gefahr, sich zu überschlagen, so schnell rannten sie. Alle, bis auf Oxo, stemmten deshalb die Vorderhufe in den Boden, um ein wenig abzubremsen. Nur Will gelang das nicht. Ungefähr in der Mitte des Hangs konnten seine kurzen, mageren Beinchen nicht mehr mit seinem Körper mithalten. Er machte einen Salto in der Luft und legte den Rest der Strecke wie ein Stehaufmännchen mit Purzelbäumen zurück.

Oxo peilte den Heiligen Kübel an wie eine Lenkrakete und, ohne das Tempo zu verringern, wappnete er sich für den Aufprall. Sein Schädel rammte mit einem dröhnenden

Rums das hölzerne Podest und brachte es zum Schwanken. Der Speedwell-Pokal wackelte, dann polterte er auf den Boden.

»Gut gemacht, Alter!«, keuchte Linx, der schlitternd neben Oxo zum Stehen kam.

Sally rumpelte mit dem Kopf gegen Linx' Hinterteil und rang erst einmal nach Luft, unfähig zu sprechen.

Jasmine flitzte neben den Kübel. »AchduliebesGras … er ist leer!«, schrie sie. »Wie sollen wir die Welt vor Dürre und all so was retten, wenn er leer ist?«

Will hörte ihre Frage nicht. Ihm war es gerade erst gelungen, wieder auf die Füße zu kommen, und jetzt blickte er hangaufwärts.

»Bewegung, Leute! Schnell!«, brüllte er. »Springt zur Seite! Sonst werden wir alle halbiert!«

Die übrigen Krieger schauten jetzt auch den Hang hinauf. Ein orangefarbenes Etwas schoss auf sie zu, so schnell, dass sie es nur verschwommen wahrnehmen konnten. Es war Jeremy.

Als Jeremy begriffen hatte, dass die Schafe das Sanitätszelt zum Kippen gebracht hatten, bröckelte seine beherrschte Haltung. Als er beobachtete, wie die Schafe die Reihe der Ordner auf dem Hügel durchbrachen, als wären es aufgestellte Kegel, wurde seine Wut noch größer. Und als er schließlich erkannte, dass Oxo geradewegs auf den Speedwell-Pokal zudonnerte, sah er rot. Alle würden sich kaputtlachen. Sie würden über die Marke Speedwell lachen und über Jeremy, den persönlichen Assistenten der Speedwells, der die Spiele organisiert hatte. Der Pokal war das Symbol der Spiele. Er musste die Schafe aufhalten, bevor sie auf der Trophäe herumtrampelten.

Jeremy sah sich wild um und sein Blick fiel auf Stanley, der neben ihm stand und noch immer den orangefarbenen Plastikschlitten hochhielt. Er entriss Stanley den Schlitten.

»Hey! Gib her!«, schrie Stanley. »Halt, das ist mein Schlitten!«

Aber Jeremy beachtete ihn gar nicht. Er warf den Schlitten auf den Boden, schmiss sich darauf und stieß sich mit den Füßen ab.

Der Schlitten flitzte los wie eine Rakete. Die Unterseite, verbotenerweise mit Lipgloss geschmiert, glitt über das Gras und sauste den Hang hinunter. Dann schoss der Schlitten über die ausgelegten Matten hinweg. Und durch die Strohballen. Immer weiter. Jeremys Zähne klapperten, während das Gefährt über einen Kiesweg ratterte. Er öffnete die Augen gerade rechtzeitig, um einen Ententeich auf sich zurasen zu sehen. Eine Sekunde später saß er in dem Tümpel und ein verdutzter Frosch hockte auf seinem Kopf und schluckte aufgeregt.

»Wow!« Linx starrte durch die Schneise in den Strohballen. »Mann, das war schnell. Respekt!«

»Respekt!«, stimmte Will zu. »Ähm, aber Leute – ich denke, wir sollten besser von hier verschwinden.«

Die Ordner hatten sich neu formiert. Einer hatte sich den Pokal geschnappt, die übrigen rannten den Hang hinunter auf die Schafe zu. Sie wirkten sehr wütend.

»Übernimm die Führung, Kleiner«, sagte Linx.

Und schon galoppierten die Kriegerschafe durch das nächstgelegene Tor aus dem Park.

»Also«, japste Nisha in ihr Öko-TV-Mikrofon, »was soll ich sagen? Direkt nach einer kurzen Pause informieren wir Sie mit Interviews und Stellungnahmen …«

Während die Zuschauer erregt den neuesten Zwischenfall bei den Familien-Spaß-Spielen diskutierten, fischten zwei Sanitäter Jeremy aus dem Teich. Sie bestanden darauf, dass er sich von ihnen auf der Trage den Hang hinaufschleppen ließ. Oben angekommen, zogen sie ihm die tropfnasse Kleidung aus, hüllten ihn in eine Decke und lagerten ihn behutsam auf der Wiese neben den Speedwells.

»Mehr können wir nicht tun«, erklärte einer der beiden Männer. »Wir würden ihn ja ins Sanitätszelt bringen, nur leider haben wir keins mehr.«

Mandy tätschelte Jeremy leicht die Schulter. »Warum haben Sie das getan, Jez?«

Jeremy schaute sie benommen an. »Damit sie den Pokal nicht bekommen, natürlich.«

Mandy musste beinahe lachen. »Aber er ist nichts wert, Jez, zumindest kein Geld. Und was sollte eine Herde Schafe damit anstellen wollen?«

»Die Schafe sind manipuliert, ganz klar«, murmelte Jeremy. »Ein Konkurrent benutzt sie als Werkzeug. Industrie-Sabotage.«

Mandy schaute ihn kopfschüttelnd an. »Ruhig, Jez, ganz ruhig …« Sie strich ihm das nasse Haar aus der Stirn. »Sie reden wirres Zeug. Vielleicht sollten wir Sie ins Krankenhaus bringen.«

Jeremy setzte sich mühsam auf. »Glauben Sie mir. Mit schmutzigen Tricks kenne ich mich aus.«

Unter den gegebenen Umständen hielten es die Speedwells für das Beste, das Schlittenrennen abzusagen. Alle Mannschaften erhielten einen Punkt und Gratis-Eiscreme.

Mandy und Max brachten Jeremy mit dem Auto noch zu seinem kleinen Haus in der Palastblickstraße. Er bestand darauf, den Pokal zur Sicherheit bei sich zu behalten.

Auf der Heimfahrt herrschte Schweigen im Jeep der Speedwells.

Erst zu Hause am Küchentisch kam Mandy auf den superschnellen Schlitten zu sprechen.

»Mein Lipgloss ist aus meiner Handtasche verschwunden«, sagte sie unvermittelt und schaute Stanley eindringlich an. »Weißt du zufällig, wo es ist?«

»Ich? Was habe ich mit Lipgloss zu schaffen?«, fragte Stanley und hielt dem Blick seiner Mutter stand.

Mandy zuckte mit den Schultern. »Ich habe wirklich keine Ahnung. Aber, Stanley … bei diesen Spielen geht es um

Fairness und Teamgeist. Und Aufrichtigkeit. Sind wir uns da einig?«

Stanley wandte den Blick ab.

»Und würde es nicht einen schlechten Eindruck machen, ja, wäre es nicht *schlimm*, wenn ausgerechnet ein Mitglied der Familie Speedwell beim Schummeln ertappt würde? Stanley? Sieh mich an!«

Stanley versuchte, den eindringlichen Blick seiner Mutter zu erwidern, aber es misslang ihm. Er senkte die Augen und schob dann schmollend seinen Stuhl zurück. »Ich geh in mein Zimmer.«

»Oh nein, das wirst du nicht tun.« Max funkelte seinen Sohn zornig an. »Du kommst mit uns zur Stadtfarm. Keine Widerrede!«

Währenddessen saß Tony auf den Stufen vor seinem Wohnwagen und wusste nicht, worüber er sich zuerst Sorgen machen sollte. Er war bei der Suche nach dem Goldenen Gral keinen Schritt weitergekommen. Daisy und Dilly gingen nicht ans Telefon. Die Polizei hatte sehr ungehalten reagiert wegen all des Ärgers, den die Schafe verursacht hatten. Und jeden Augenblick würden Todd und Ida eintreffen. Wie sollte er ihnen bloß erklären, dass ihm ihre heiß geliebten Schafe entwischt waren? Er schaute auf und entdeckte einen weiteren Grund zur Sorge. Mit großen Schritten marschierten die Speedwells auf ihn zu und ihre Mienen waren ernst.

Schuldbewusst erhob er sich.

»Machen Sie nicht so ein sorgenvolles Gesicht, Tony«, sagte Max, als sie sich zum zweiten Mal an diesem Tag die Hand gaben. »Wir kommen nicht wegen der zehn Riesen.«

Tony gelang ein mattes Lächeln.

»Aber mal ehrlich. Sie müssen etwas wegen dieser Schafe unternehmen.«

Mandy nickte ernst. »Es war pures Glück, dass bei dem Schlittenrennen heute Nachmittag niemand wirklich zu Schaden gekommen ist«, sagte sie. »Wir verstehen, dass Sie gerade unter großem Druck stehen, aber …«

Der Druck erhöhte sich schlagartig, als Todd und Ida auf ihren Dreirädern durch das Tor rollten.

»Huuuhuu!«, rief Ida. »Können wir die hier abstellen, Tony, mein Junge? Im Hotel gibt es keinen Platz dafür.«

Tony nickte stumm.

»Hallo, Tony!«, rief Todd. »Wie bekommt unseren Schafen die Großstadtluft?«

»Sie machen hoffentlich keinen Ärger?«, erkundigte sich Ida.

Tony schluckte. Es blieb ihm nichts anderes übrig, als mit der Wahrheit herauszurücken, nämlich dass die seltenen Rasseschafe aus Eppingham herrenlos durch London streiften und für heilloses Chaos sorgten. Er stellte die Speedwells vor und gemeinsam bemühten sie sich, die Lage zu erklären. Als sie zu dem Vorfall beim Schlittenrennen kamen, warf Mandy Stanley einen Seitenblick zu, doch sie erwähnte das Lipgloss nicht.

Sobald die drei ihren Bericht beendet hatten, tätschelte Ida Tony freundlich den Arm. »Mach dir keine Vorwürfe«, sagte sie. »Ich bin überzeugt, dass du keine Schuld hast.«

»Nein«, bekräftigte Todd. »Du kannst überhaupt nichts dafür. Aber wir müssen die Schafe einfangen, bevor ihnen etwas zustößt.«

»Ganz genau«, stimmte Mandy zu. »Ihnen oder jemand anderem.« Ihr Blick fiel auf die Picknicktische in der Mitte des Hofs. »Sollen wir uns zusammensetzen und einen Schlachtplan ausarbeiten, wie wir sie einfangen können?« Sie holte ihren Geldbeutel aus der Handtasche und reichte ihn Stanley. »Warum gehst du nicht mit Todd los und ihr besorgt für uns alle bei einer Imbissbude etwas zum Abendessen?«

Stanley zögerte. Aber angesichts des Tonfalls und Gesichtsausdrucks seiner Mutter schienen ihm Widerworte nicht ratsam. Er nahm den Geldbeutel.

»Zwei Straßen weiter steht eine Imbissbude«, sagte Tony und deutete in die entsprechende Richtung. »Sie heißt *Zum Gebackenen Kabeljau*. Und würdet ihr bitte auch etwas für Daisy und Dilly mitbringen, für den Fall, dass sie demnächst zurückkommen?« Er seufzte. »Die armen Mädchen waren den ganzen Tag unterwegs.«

Stanley und Todd waren noch keine fünf Minuten weg, da hetzte Sheba mit großen Sprüngen an den Demonstranten vorbei durch das Tor. Hinter ihr tauchten Daisy und Dilly auf. Sie hatten rote Köpfe und waren völlig außer Puste.

»Warum hast du uns nicht angerufen und Bescheid gegeben, dass die Schafe wieder da sind?«, keuchte Daisy.

»Seit wann sind sie zurück?«, japste Dilly.

Tony starrte die beiden an, als würden sie Chinesisch sprechen. »Sie sind nicht zurück.«

Sheba schlich leise zu Tony und kauerte sich so klein wie möglich hinter seine Beine.

»Nutzloser Hund!«, schimpfte Daisy.

»Nutzloser Hund!«, wiederholte Dilly.

Die beiden ließen sich auf die Bank am Picknicktisch plumpsen.

»Wir dachten, sie führt uns zu den Schafen«, erklärte Daisy verärgert.

»Wir hätten es besser wissen müssen«, sagte Dilly.

Während die Erwachsenen über die verschwundenen Schafe redeten, warteten Todd und Stanley in der Imbissbude auf ihre Bestellung. Todd bemühte sich nach Kräften, ein Gespräch in Gang zu bringen, aber bislang hatte er von Stanley nur Grummeln als Antwort erhalten.

Er versuchte es erneut. »An welchem Wettkampf nimmst du morgen teil?«, erkundigte er sich.

»Am Dreirad-Rennen«, knurrte Stanley. »Das gewinn ich mit links. Ich bin gut.«

»Ach …«, sagte Todd. »Daran nehme ich auch teil. Meine Oma und ich sind beide dafür angemeldet. Sie ist besser als ich.«

»Deine Oma?« Stanley schaute Todd spöttisch an und lachte. »Na klar doch.«

Todd bemühte sich, ruhig zu bleiben. »Oma ist klasse. Wir sind gerade auf den Dreirädern von Eppingham hergefahren. Das sind über sechzig Kilometer. Aber morgen sind wir fit.«

»Ihr seid auf den Schrottdingern hergefahren, die auf dem Hof stehen?«

»Das sind keine Schrottdinger«, widersprach Todd. Es fiel ihm immer schwerer, freundlich zu bleiben. »Das sind gute Dreiräder. Meins gehörte mal meinem Großvater.«

Stanley grinste verächtlich. »Ach ja? Na, morgen dürft ihr sowieso nicht damit fahren. Ihr müsst die offiziellen Dreiräder nehmen wie alle anderen auch.«

Das hatte Todd nicht gewusst, und einen Moment lang brachte ihn die Neuigkeit aus dem Konzept. Doch er musste sich keine Erwiderung mehr überlegen, denn sie wurden zur Theke gerufen, weil ihr Essen fertig war.

»Zwei große Portionen gebackener Kabeljau mit Pommes, zweimal Würstchen mit Pommes, zweimal Schellfisch mit Pommes, zweimal Scampi mit Pommes und zwei Extraportionen Pommes … war's das, Jungs?«

Stanley bezahlte, die beiden griffen nach den heißen Tüten mit dem Essen und beeilten sich, zur Farm zurückzulaufen. Bis zum Tor wechselten sie kein Wort mehr.

»Deine Oma …?«, setzte Stanley schließlich an, während sie sich zwischen den Demonstranten durchschlängelten, die auf dem Gehsteig saßen. »Sie will beim Dreirad-Rennen mitmachen? Das ist echt ein Witz.«

Ein paar Stunden später, als Tony, Daisy und Dilly gerade einen Rundgang machten, um zu überprüfen, ob die Tiere Nachtruhe hielten, rief die Polizei an. Die Speedwells waren bereits nach Hause gegangen und Todd und Ida in ihr nahe gelegenes Hotel im Vectis Way zurückgekehrt. Tony tat es leid, dass er die beiden nicht auf der Farm beherbergen konnte. Aber das ließ sich nicht ändern.

»Wir haben einen Hinweis aus der Bevölkerung bekommen«, erklärte der Polizist. »Jemand will die Schafe auf dem Friedhof von Saint Winifred gesehen haben, wo sie an der Stechpalmen-Hecke herumknabbern. Wir machen uns jetzt auf den Weg.« Er schwieg einen Augenblick. »Äh … die Tiere sind nicht gefährlich, oder? In unseren Dienstvorschriften steht nicht viel zum Umgang mit Schafen.«

Tony versicherte dem Polizisten, dass die Schafe nicht gefährlich waren. »Nur sehr …«, er suchte nach den passenden Worten, »ungewöhnlich. Genau genommen außergewöhnlich.« Sobald das Gespräch beendet war, standen die Zwillinge neben ihm.

»Saint Winifred? Wo ist das?«, fragte Daisy stirnrunzelnd.

»Hinter dem Einkaufszentrum«, antwortete Dilly. »Die große alte Kirche.«

Daisy schnippte mit den Fingern. »Alles klar!«

Tony schüttelte energisch den Kopf. »Nein, nein, nein. Ihr

habt schon genug getan. Ich kann euch nicht in der Dunkelheit losschicken, um den Schafen nachzujagen. Überlassen wir die Angelegenheit der Polizei.«

»Aber die verstehen nichts von Schafen«, widersprach Daisy.

»Wir haben viel bessere Chancen, sie einzufangen«, ergänzte Dilly. »Sperr das Tor nicht ab.«

»Diesmal brauchen wir nicht lange.«

Und weg waren sie.

Die kleine Herde hatte enttäuscht den Versuch aufgegeben, an der Stechpalmen-Hecke zu knabbern, und den Friedhof der Kirche Saint Winifred bereits verlassen, als zwei Polizeiwagen vorfuhren und ein halbes Dutzend Uniformierter heraussprang. Die Polizisten waren alles andere als begeistert von diesem Einsatz.

»Wenn ich Schafe hätte jagen wollen, wäre ich Schäfer geworden«, grummelte einer der Männer und ließ den Lichtkegel seiner Taschenlampe über den stillen Friedhof wandern.

»Kein Grund, so belämmert dreinzuschauen«, entgegnete einer der anderen Polizisten, woraufhin alle begannen, Witze über Schafe zu reißen.

Sie fanden ein paar Wollflusen an der Stechpalmenhecke, aber nichts, was ihnen verriet, wohin die Schafe verschwunden waren. Also kehrten sie zu ihren Autos zurück und fuhren davon, um sich um wichtigere Dinge zu kümmern.

Daisy und Dilly trafen wenig später auf dem Friedhof ein. Allerdings suchten sie das Gelände gründlicher ab als die Polizisten.

»Unsere Nasen sind das beste Werkzeug«, erklärte Daisy.

»Das heißt, wir müssen wieder auf allen vieren herumkrabbeln, fürchte ich«, seufzte Dilly und ging in die Hocke. »Ah! Frische Schafskötel …«

»Hier sind noch mehr …«

Der morgendliche Ringelblumen-Imbiss hatte seinen Weg durch die Schafsmägen gefunden und sie in ziemlich unappetitlichen Haufen wieder verlassen.

»Und hier auch …«, sagte Daisy und richtete den Lichtkegel ihrer Taschenlampe auf einen Haufen mitten auf dem Gehsteig. »Der ist noch warm.«

»Meinst du, wir sollten die Kötel genauer untersuchen … nur für den Fall, dass der Schafbock, ähm, den Schlüssel mit ausgeschieden hat, weißt du?«

Daisy verzog das Gesicht. »Daran habe ich gar nicht gedacht.« Sie kramte in der Tasche nach ihren Plastikhandschuhen. »Aber du hast recht.«

Während die Zwillinge in den Schafsköteln herumstocherten, stand der kleine Trupp erschöpfter Krieger, dicht aneinandergedrängt, auf dem Hof der Saint-Winifred-Schule. Die Schule lag nur hundert Meter von der Kirche entfernt an der Straße, und zum Pausenhof gehörte eine schöne eingezäunte Spielwiese für kleine Kinder.

»Ich hätte nie gedacht, dass ich beim Anblick von Gras mal keinen Appetit habe«, murmelte Oxo und ließ sich auf den Boden plumpsen.

»Hast du immer noch Magenschmerzen?«, fragte Will und versuchte erneut, mit einem Kopfschütteln den Verband loszuwerden, der hartnäckig an seinen Hörnern baumelte.

»AchduliebesGras …«, seufzte Jasmine und setzte sich anmutig neben Sally. »*Was* für ein Tag! Oxo ist krank, mein Fell ist ganz zerzaust, ihr beide stinkt und wir haben den Heiligen Kübel aus den Augen verloren.« Sie verdrehte dramatisch die Augen. »Kann es noch schlimmer kommen?«

Ja. Denn Daisy und Dilly pirschten sich an. Und zwischen sich hatten sie ein Netz gespannt.

Der Schlüssel

Linx bemerkte die Mädchen als Erster.

»Oh, Mann!«, rief er und rappelte sich auf. »Jetzt geht das wieder los.«

Er sprang mühelos über den niedrigen Kunststoffzaun und wich den Mädchen und ihrem Netz aus.

Jasmine, Will und Sally folgten ihm blitzschnell. Aber Oxo rührte sich nicht. Er lag einfach im Gras und stöhnte.

Daisy und Dilly wechselten einen Blick, ließen das Netz fallen und warfen sich auf ihn. Daisy packte Oxo an den Vorderbeinen, Dilly an den Hinterbeinen. Und gemeinsam drehten sie ihn zur Seite und zogen ihn zu dem Spielplatz-Häuschen am hinteren Ende der Wiese. Sie mussten Oxo nochmals herumdrehen, um ihn durch die Tür zu bugsieren. Daisy stand in dem Häuschen und zerrte an dem Schafbock, Dilly schob von draußen.

»AchduliebesGrasachmeinOxomeinOxo …«, zeterte Jasmine. »Lasst ihn in Ruhe!«

Linx, Sally, Jasmine und Will sprangen wieder über den Zaun zurück auf den Spielplatz. Aber Daisy sah sie kommen.

»Dilly! Rein mit dir und mach die Tür zu!«, schrie sie.

Es handelte sich um die Sorte Tür, wie man sie von Pferdeställen her kennt, bei der sich die untere und die obere Hälfte getrennt voneinander öffnen und schließen lassen. Dilly verriegelte den unteren Flügel, dann stieß sie den oberen Flügel nochmals halb auf. Er traf Linx mitten auf die Nase, sodass er nach hinten taumelte.

»Verschwindet!«, keifte sie. »Wir haben zu tun!«

Der Innenraum des Häuschens war leer. Das sollte die Fantasie der Kinder anregen. Sie konnten beispielsweise so tun, als sei der Raum ein Haus oder ein Schiff oder eine Eisenbahn, ein Laden, was auch immer. Eine Tierarztpraxis war er noch nie gewesen.

Dilly leuchtete mit der Taschenlampe, während Daisy Oxo auf die Seite legte.

Er zuckte ein paarmal, ächzte, dann schloss er die Augen und rührte sich nicht mehr.

Sally, Linx und Jasmine reckten die Hälse, um einen Blick ins Innere zu erhaschen. Will, der zu klein war, um über den unteren Türflügel zu spähen, sprang auf Linx' Rücken. So beobachteten die vier stumm vor Entsetzen, wie Dilly die Lampe auf den Boden stellte, sich neben Oxo kauerte und seinen Hals umfasste. Daisy zog einen großen, grauen, metallischen Gegenstand aus der Tasche.

»AchduliebesGras! Ein Messer …«, japste Jasmine. »Das sind MetzgerMetzgerMetzger!«

»Halt durch, Alter!«, schrie Linx. »Ich komm dir zu Hilfe!« Er senkte den Kopf, um die Tür aufzustoßen.

Will geriet ins Wanken und purzelte von seinem Rücken. Doch gleich war er wieder auf den Beinen. »Nein, warte, Linx … Das ist kein Messer. Es hat die falsche Form. Das ist ein Magnet!«

Die anderen wussten nicht, was ein Magnet war. Aber Will hatte recht.

Daisy hielt den Magneten dicht über Oxos Mägen und bewegte ihn langsam hin und her. Dilly schaute angespannt zu.

»Bis jetzt ist da nichts«, erklärte Daisy. »Moment! Da, jetzt spür ich etwas!« Der Magnet zog ihre Hand leicht zu Oxos Flanke. »Ja. Er hat etwas im Magen. Eindeutig.« Und langsam, ganz langsam bewegte sie den Magneten in die Richtung von Oxos Rachen. »Streck seinen Hals noch mehr«, flüsterte sie, »halt ihn so gerade wie möglich.«

Dilly zog kräftiger an Oxos Kiefer und streckte unerbittlich den Hals, sodass er eine fast gerade Linie bildete.

Daisy zog den Magneten über Oxos Brust, bis zum Ansatz seiner Kehle. Oxo schlug die Augen auf und gab einen schwachen würgenden Laut von sich.

»Nein, nein, nein! Schluck ihn nicht wieder runter!«, schrie Daisy. Sie kroch auf Knien neben den Kopf des Schafbocks. »Halt ihm das Maul auf, Dilly!«

Dilly packte Oxos Unterkiefer und stemmte sein Maul weit auf. Daisy schob ihre Hand mit dem Magneten hinein.

»Huste!«, befahl sie. »Huste!«

Oxos Augen traten hervor, sein Herz raste. Ihm war bewusst, dass etwas in seinem Rachen feststeckte. Verzweifelt rang er nach Luft.

»Huste doch!«, schrie Daisy erneut. Der Magnet in Oxos Maul vibrierte.

Da hustete Oxo und er spürte etwas, hart wie ein Stöckchen, seine Kehle hochrutschen. Er hustete nochmals und jetzt schoss das Ding über seine Zunge und heftete sich an den Magneten. Daisy zog ihn behutsam zurück. Der Schlüssel klebte fest an dem Magneten.

»Jo!«, rief Dilly. »Wir haben es geschafft!«

»Jo und nochmal Jo!«, rief Daisy und die Schwestern schlugen die Hände gegeneinander.

Oxo kam mühsam auf die Hufe und schaute zu seinen Freunden hinüber. Es war ihm ein Rätsel, warum er nur ihre Köpfe sehen konnte. Und warum war Will auf einmal so groß?

Doch schon öffnete Dilly die Tür des Häuschens und schob ihn nach draußen.

»Alter, wann hast du denn *das* Ding verschluckt?«, fragte Linx.

Jasmine gab Oxo einen zornigen kleinen Stoß mit den Hörnern. »Ich dachte, sie würden Koteletts aus dir machen. Koteletts!« Dann brach sie in Tränen aus.

Will wartete ein paar Augenblicke, damit Oxo und Jasmine sich erholen konnten.

»Leute«, mahnte er dann leise, »ich habe keine Ahnung, warum die Mädchen das für Oxo getan haben. Vielleicht wollten sie nur helfen.« Er machte eine Kopfbewegung in Richtung der Zwillinge, die sich flüsternd in dem Häuschen unterhielten. »Aber wenn du so weit wiederhergestellt bist, Oxo, sollten wir uns davonstehlen, bevor sie uns zur Farm zurückbringen, oder?«

Daisy und Dilly sahen den Schafen nach, die leise über den Plastikzaun sprangen und quer über den Pausenhof davongaloppierten.

»Sollten wir ihnen nicht nach?«, fragte Dilly.

»Wozu?«, sagte Daisy. »Wir haben, was wir wollten.«

Dilly grinste. »Genau. Lassen wir Tony morgen nach den Schafen suchen.«

Daisy lachte und hielt den Schlüssel hoch. »Reine Zeitverschwendung, dass er nach etwas anderem sucht.«

Es war schon fast Mitternacht, als die Zwillinge zur Farm zurückkehrten, doch zu ihrer Überraschung stand Tony direkt hinter dem Tor und unterhielt sich mit einer sehr, sehr alten Dame. Sie trug einen langen schwarzen Samtumhang und um ihr schneeweißes Haar hatte sie einen Schal geschlungen. Einige der Demonstranten, die auf dem Gehsteig kampierten, lauschten ebenfalls, was sie zu sagen hatte.

Tony warf den Mädchen einen hoffnungsvollen Blick zu. Die beiden schüttelten langsam den Kopf.

»Kein Glück«, seufzte Daisy.

»Nicht im Geringsten«, seufzte Dilly.

Tony seufzte ebenfalls. »Na, lasst es gut sein. Danke, dass ihr es versucht habt.« Er wandte sich an die alte Dame. »Das sind meine großartigen Helferinnen, Daisy und Dilly.«

»Sehr erfreut«, sagte die Frau. Ihre Stimme war kaum mehr als ein Wispern. »Ich bin Mathilde Bonifaz.« Sie lachte kurz auf. »Lulu weiß nicht, dass ich hier bin. Sie ist ein liebes Mädchen, aber immer viel zu besorgt um mich.« Mathilde Bonifaz holte mit einem Keuchen Luft. »Ich schlafe nachts nicht gut und da dachte ich, es wäre an der Zeit, Tony einen Besuch abzustatten. Wegen des Goldenen Grals.« Sie keuchte wieder. »Ihr wisst, dass er meinem Vater, Bartholomäus Bonifaz, vor Jahren gestohlen wurde?«

Die Zwillinge nickten.

»Also rein rechtlich betrachtet, gehört der Gral mir«, erklärte Mathilde. »Aber es ist nicht so, dass ich ihn für mich behalten will. Ich würde ihn einfach gern noch einmal sehen, bevor ich sterbe.« Sie lachte leise. »Was, angesichts meines hohen Alters, bald passieren wird.« Wieder atmete sie keuchend ein. »Das ist mein innigster und einziger Wunsch.« Sie lächelte Tony an. »Und der liebe Tony hat versprochen, mir den Goldenen Gral sofort zu bringen und zu zeigen, *falls* er ihn findet.«

»*Sobald*, nicht falls«, sagte Tony und zwinkerte, um eine

Träne zurückzuhalten. Er war einerseits sehr erleichtert, dass die alte Dame den Gral nicht zurückhaben wollte, andererseits tat sie ihm schrecklich leid.

Mathilde keuchte wieder. »Ich wünschte nur, ich könnte mich an etwas – an *irgendetwas* Hilfreiches – erinnern, damit Tony den Gral rechtzeitig findet, um die Farm zu retten.«

Tony fasste sie sanft am Arm. »Bitte, Mathilde. Sie dürfen sich nicht aufregen.« Über ihren Kopf hinweg lächelte er Daisy und Dilly zu. »Und ihr geht jetzt ins Bett, Mädchen. Ihr müsst fix und fertig sein. Ich schließe das Tor ab, nachdem ich Mathilde zum Hotel begleitet habe.«

Die Zwillinge warteten in ihrem Wohnwagen, bis sie hörten, dass Tony zurückkam und abschloss. Sie beobachteten, wie er müde über den Hof zu seinem eigenen Wohnwagen stapfte. Sobald er das Licht ausschaltete, schlichen sie wieder hinaus. Sie bewegten sich leise, eine Taschenlampe und den Schlüssel trugen sie bei sich.

»Ich wünschte, wir hätten in Tonys Wohnwagen einen Blick auf diese Pläne geworfen«, sagte Daisy.

»Hmm«, stimmte Dilly zu. »Aber irgendwo muss es eine Tür geben, zu der dieser Schlüssel passt …«

Daisy legte plötzlich eine Hand auf den Arm ihrer Schwester.

»Dilly … hast du nicht auch das Gefühl, dass wir beobachtet werden?«

»Ja.«

Ihre Köpfe fuhren hoch. Lautlos schwebte eine Gestalt auf

sie zu. Und irgendwo aus dem weißen, konturlosen Körper, der weder Augen noch Mund zu haben schien, drang eine dünne, näselnde Stimme zu ihnen.

»Vergesst nicht den Fluch des Goldenen Grals … Vergesst nicht, welches Schicksal Arthur Upton ereilte … euren Urgroßonkel Arthur …«

Die Mädchen schluckten und umklammerten einander Hilfe suchend.

»Ich habe dich im Auge, Daisy Upton. Und *dich* ebenso, Dilly Upton … Der Fluch wird euch heimsuchen. So, wie er Arthur ereilt hat. Vergesst nicht Arthur Uptons Schicksaaal …«

Das letzte Wort wurde zu einem langen, tiefen Klagelaut. Die Zwillinge machten auf dem Absatz kehrt und flüchteten in ihren Wohnwagen.

Das Dreirad-Rennen

Daisy und Dilly verbrachten den Rest der Nacht Seite an Seite und bei jedem Geräusch, das sie hörten – oder glaubten zu hören –, zuckten sie ängstlich zusammen.

»War das ein Geist?«, fragte Daisy.

»Ganz sicher«, antwortete Dilly. »Und er warnt uns davor, den Goldenen Gral zu stehlen.«

»Aber woher wusste er, dass wir das vorhaben?«, fragte Daisy. »Und woher wusste er, dass wir Uptons sind?«

Dilly erschauderte. »Weil es der Geist von Urgroßonkel Arthur war. Ich glaube, wir sollten aufgeben und nach Hause gehen. Sofort!«

Daisy kaute auf ihrer Unterlippe. Ihr kamen Zweifel. »Aber was, wenn das *nicht* Urgroßonkel Arthurs Geist war? Was, wenn es gar keinen Fluch gibt? Wir haben nur noch morgen, um den Gral zu finden. Dann rücken die Planierraupen an. Ich bin dafür, dass wir noch einen Tag bleiben.«

»Neeeein …«, wimmerte Dilly.

»Doch«, entgegnete Daisy mit Nachdruck. »Und wir behalten Tony auf Schritt und Tritt im Auge. Falls er Glück hat … schlagen wir zu!«

Nachdem die Kriegerschafe den Schulhof verlassen hatten, war es ihnen gelungen, zum Riverside Park zurückzufinden, wo sie den Rest der Nacht verbrachten. Auf dem Hügel fühlten sie sich sicher und das Grasangebot war gut. Erschöpft fielen sie schließlich in einen langen, tiefen Schlaf.

Ausnahmsweise war es Linx, der zuerst erwachte. Es war ein schöner Tag und die Sonne stand bereits hoch am Himmel. Wachsam ließ er den Blick mit halb geöffneten Augen über den Hügel und den steilen Hang wandern. Er fühlte sich zu einem Rap inspiriert:

»Wir Kriegerschafe sind mal wieder auf Tour,
'nem goldenen Eimer sind wir auf der Spur.
Königin der Dürre, wir halten nach dir Ausschau,
Komm uns nicht in die Quere, der Empfang wird rau!
Denn wir trinken als Erste aus dem Heiligen Kübel
Und retten die Welt vor Durst, Dürre und allem Übel …«

Während Linx im Riverside Park an seinem Rap bastelte, die Zwillinge Tee tranken und sich fragten, ob Urgroßonkel Arthurs Geist noch immer draußen herumspukte, saß Tony in seinem Wohnwagen bei einem üppigen Frühstück – und genoss es, weil Nisha ihm Gesellschaft leistete.

»Ich kann nicht lange bleiben«, erklärte sie und machte sich über ihre Portion Eier mit Speck her. »Ich habe heute viel zu tun. Erst findet das große Dreirad-Rennen statt und später dann die Schlussfeier im Stadion. Die Speedwells suchen noch nach einer Persönlichkeit aus der Gegend, um den Pokal zu präsentieren. Hast du eine Idee?«

Tony musste nicht lang überlegen. »Mathilde Bonifaz«, schlug er vor. »Sie stammt von hier und ist auf jeden Fall eine ganz besondere Persönlichkeit.«

»Perfekt«, sagte Nisha und wischte ihren Teller mit einem Stück Brot sauber. »Und mir ist noch ein Gedanke gekommen, was den Goldenen Gral betrifft. Lass uns mal schnell einen Blick auf die Karten werfen.«

Aber bevor Tony die Karten ausbreiten konnte, klingelte Nishas Telefon.

»Tut mir leid«, seufzte sie nach dem Gespräch. »Das war mein Produzent. Ich soll jetzt schon zum Vectis Way kommen, um die Teilnehmer des Dreirad-Rennens zu interviewen.« Sie hastete zur Tür. »Schau dir die Pläne noch einmal genau an, Tony. Vergiss die Kellergewölbe. Vergiss die Geheimtüren. Überleg dir, was du tun würdest, wenn *du* ein Gärtner wärst und etwas loswerden wolltest, was du gestohlen hast. Vielleicht gibt es da noch einen Ort auf dem Schlossgelände, an den du nicht gedacht hast?«

Als Nisha im Vectis Way eintraf, wimmelte es schon vor Menschen. Die breite, gerade Straße war ideal für das Dreirad-Rennen und zu diesem Anlass für den Verkehr abgeriegelt worden. Hunderte aufgeregter Zuschauer bevölkerten die Gehwege hinter den Sicherheitsabsperrungen. Und auch von den Büros, Geschäften und Hotels aus, die die Straße zu beiden Seiten säumten, beobachteten Leute erwartungsvoll die Rennstrecke.

Nisha entdeckte Todd und Ida, die gerade aus dem Vectis Hotel traten, und bahnte sich einen Weg durch die Menschenmenge zu ihnen.

»Hallo!«, begrüßte sie die beiden und küsste sie auf die Wange. »Freut ihr euch auf das Rennen?«

»Also … ja und nein«, seufzte Ida.

»Wir streiten gerade, wer von uns auf den Start verzichten soll«, erklärte Todd. »Die Schafe sind noch immer verschwunden und ich finde, Oma sollte an dem Wettkampf teilnehmen, während ich mich auf die Suche mache.«

»Und ich finde, Todd sollte teilnehmen, während *ich* nach den Schafen suche«, sagte Ida.

»Also, ich finde, ihr solltet beide teilnehmen«, widersprach Nisha und grinste. Sie zeigte ihnen ein Foto auf ihrem Handy: fünf seltene Rasseschafe, die friedlich in der Morgensonne grasten. »Eine Frau hat das Foto gerade getwittert. Sie hat sie beim Joggen im Riverside Park entdeckt. Ich bin überzeugt, die Schafe sind dort gut aufgehoben bis nach dem Rennen.«

»Ach … ich weiß nicht recht«, sagte Ida zweifelnd.

Ihre Aufmerksamkeit wurde abgelenkt, weil jemand an

ihnen vorbeijoggte. Es war Stanley, bekleidet mit Radhose und Trikot aus orangefarbenem Lycra.

»Verlierer … Verlierer … Verlierer«, sang er beim Joggen vor sich hin. »Oma auf dem Dreirad … Oma auf dem Dreirad … darüber lacht die ganze Stadt … Verlierer … Verlierer … Verlierer …«

»Das reicht!« Todd ballte die Faust und starrte Stanley finster hinterher. »Nisha hat recht, Oma. Die Schafe können es sicher noch eine Stunde oder so im Park gut aushalten. Wir nehmen *beide* an dem Rennen teil. Und wir gewinnen!«

»Viel Glück, euch beiden!«, wünschte Nisha, während sie davoneilte, um sich ihr Mikrofon zu holen und mit den Interviews zu beginnen. »Aber behaltet diesen Stanley im Auge.«

An der Startlinie erwartete die Teilnehmer, einschließlich Stanley, eine große Überraschung. Die Wettkampfrichterin rief alle zu sich.

»Meine Damen und Herren, liebe Kinder«, begann sie und lächelte in die Runde. »Wir haben vierundzwanzig Teilnehmer und ich denke, es wurde schon bekannt gegeben, dass niemand sein eigenes Dreirad benutzen darf.«

Ein Stöhnen ging durch die Reihen der Wettkämpfer.

»Aber darüber hinaus werden Sie nicht als Einzelfahrer starten!«

Überraschtes Gemurmel brandete auf.

»Alle treten paarweise an, und zwar auf dem neuesten und aufregendsten Sport-Fahrzeug aus dem Speedwell-Sortiment.« Es erklang ein Trommelwirbel hinter der Startlinie, wo die Musiker einer kleinen Kapelle saßen. »Und hier kommen die Erfinder höchstpersönlich, um ihren *Ben Hur 3000* vorzustellen – Max und Mandy Speedwell!«

Ein stromlinienförmiges Dreirad mit einer orangefarbenen Metallic-Lackierung bog aus einer Seitenstraße in den Vectis Way ein.

Mandy saß vorne und trat in die Pedale. Hinter ihr stand Max in einer Art brusthoher Kapsel, die zwischen den Hinterrädern befestigt war. Seine Hände ruhten auf Mandys Schultern.

»Die Kapsel für den Beifahrer wurde ergonomisch gestaltet und ist für Erwachsene und Kinder gleichermaßen bequem«, fuhr die Wettkampfleiterin fort. »Man kann sich auf die gepolsterte Sitzfläche setzen oder sich hinstellen, um über die Schulter des Fahrers hinweg die Aussicht zu genießen.«

»Bei meinen Bettsocken!«, rief Ida. »Ist das nicht klasse, Todd?«

»Pst, Oma. Sie redet noch.«

»Es gehen also zwölf *Ben Hur 3000* an den Start mit je einem Zweier-Team. Aber da die Straße, wie man sieht, nicht breit genug für alle zwölf Fahrzeuge ist, führen wir vier Ausscheidungsrennen durch. Die Gewinner jeder Runde gehen dann in das große Finale. Und die Teilnehmer der einzelnen Gruppen lauten …« Sie lächelte und las die Namensliste vor.

Todd war sehr enttäuscht, dass er und Ida zur ersten

Gruppe gehörten und Stanley in der vierten war. Er stolzierte auf dem Weg zur Startlinie an Stanley vorbei.

»Wir sehen uns im Finale«, verkündete Todd kühl. »Falls du es dahin schaffst.«

»Todd!« Ida war nicht erfreut. »Lass dich nicht auf sein Niveau herab. Er ist nur ein verzogener Bengel. Achte gar nicht auf ihn.«

Todd wurde rot. Seine Oma hatte recht. Aber es war gar nicht so einfach, Stanley zu ignorieren.

Stanley hatte kaum hingehört. Er bahnte sich einen Weg durch die wartenden Teilnehmer zu seinen Eltern.

»Warum habt ihr mir nichts von dieser blöden neuen Regel erzählt?«, beschwerte er sich.

»Es sollte eine lustige Überraschung werden«, antwortete Max.

»Und wir wollten nicht, dass du einen Vorteil den anderen gegenüber hast. Das wäre unfair«, fügte Mandy hinzu.

»Unfair? Diese ganzen Spiele sind nicht fair! Mir gegenüber!« Stanley funkelte seine Mutter zornig an. »Und mit wem soll ich bitte schön ein Team bilden?« Ein Gedanke schoss ihm durch den Kopf und die Kinnlade fiel ihm runter. »Oh nein! Nicht mit Jez! Ich fahre nicht mit *ihm*.«

»Beruhig dich«, sagte Max und tätschelte Stanleys Arm. »Du fährst mit mir.«

Stanley stöhnte.

Die glänzenden *Ben Hur 3000* wurden aus der Seitenstraße in den Vectis Way gerollt und die ersten drei Wettkampf-Teams machten eine schnelle Aufwärmrunde mit den neuen Fahrzeugen, bevor sie sich an der Startlinie aufreihten.

Nisha erklärte indessen den Zuschauern von Öko-TV die Spielregeln.

»Es ist simpel«, sagte sie. »Jeweils einer des Teams fährt die Rennstrecke hinunter, während sein Partner wie der Wagenlenker in einem Streitwagen hinter ihm in der Kapsel steht. Sobald sie die rote Linie am Ende der Straße überqueren – Sie können sie dort hinten erkennen –, wechseln die beiden den Platz und der andere fährt die Strecke zurück.«

Todd und Ida berieten sich kurz und beschlossen, dass Ida als Erste in die Pedale treten sollte, um ihnen einen guten Start zu sichern, und Todd mit den kräftigeren Beinen die zweite Etappe übernehmen würde.

Von der Kapelle her ertönte ein weiterer Trommelwirbel und der Starter hob die Pistole.

Peng!

»Und der Startschuss ist gefallen!«, verkündete Nisha in ihr Mikrofon. »Da auf dem braunen Dreirad, das sind Todd und Ida. Sie sind gut weggekommen. Die beiden haben bereits gestern den ganzen Weg von Eppingham nach London auf Dreirädern zurückgelegt. Mal sehen, ob sie noch die nötige Kraft in den Beinen haben.«

Todd und Ida hatten jede Menge Kraft in den Beinen und besiegten mühelos ihre Gegner, das rote und das gelbe Team.

Das Mutter-Tochter-Gespann der roten Mannschaft war anfangs sehr schnell. Doch dann konnte die Mutter der Versuchung nicht widerstehen, wie die Queen der Menschenmenge zu beiden Seiten zuzuwinken, was ihre Tochter zum Kichern brachte, und so kamen sie als Letzte ins Ziel.

Todd und Ida beobachteten aufmerksam die weiteren Ausscheidungsrunden.

»Wir müssen uns ganz schön ins Zeug legen, um den Stänkerer Stanley zu schlagen«, stellte Todd fest. »Ich gebe es nicht gern zu, aber er ist gut.«

Nach einer kurzen Pause wurden die Teilnehmer des Finales aufgerufen. Vier Dreiräder reihten sich auf: ein blaues, ein pinkfarbenes, daneben das braune und schließlich das orangefarbene Gefährt.

Plötzlich hob Ida, die bereits für die erste Etappe auf dem Sattel saß, die Hand und rief die Wettkampfleiterin zu sich.

»Das ist nicht ganz fair«, erklärte sie der Frau, als diese zu ihr kam.

Stanley grinste hämisch. »Ihr jammert jetzt schon rum?«, stänkerte er in der Kapsel neben ihnen. »Verlierer.«

Ida beachtete ihn gar nicht und sprach weiter mit der Schiedsrichterin. »Todd und ich haben einen Vorteil, das ist nicht gerecht. Ich bin sehr dünn und leicht. Mr Speedwell hingegen, ähm … ist das nicht.«

Stanley starrte sie an.

»Ich will nicht sagen, Mr Speedwell sei dick«, fuhr Ida fort, »aber Stanley muss sich mit seinem Gewicht mehr abplagen als Todd mit meinem. Ich finde, die Bedingungen müssen für uns deshalb etwas erschwert werden. Wir sollten vielleicht … sagen wir mal zehn Sekunden nach den anderen Teilnehmern starten?«

Die Schiedsrichterin besprach Idas Vorschlag mit ihren Assistenten. Sie vergewisserten sich nochmals, ob Ida wirklich darauf bestand, und als diese das bejahte, willigte man schließlich ein. Die Menge klatschte und jubelte, als diese Vereinbarung verkündet wurde, und dann verstummten alle, weil die Startpistole gehoben wurde.

Peng! Die ersten drei *Ben Hur 3000* rasten los. Zehn lange Sekunden später fiel ein zweiter Startschuss und das braune Dreirad nahm die Verfolgung auf.

»Los, Oma … vorwärts!«, brüllte Todd, der die Seitenkanten der Kapsel umklammerte. »Schneller!«

Ida senkte den Kopf und legte sich ins Zeug. Ihre mageren Beine, an denen der Lycrastoff der Radhose Falten warf, strampelten auf und ab, auf und ab. Sie überholte das pinkfarbene Dreirad, dann das blaue. Die Menge tobte.

Hinter der roten Linie wendete Max sein orangefarbenes Gefährt. »Jetzt liegt es ganz an dir, mein Junge«, keuchte er, während er vom Sattel glitt.

Ida traf mit quietschenden Bremsen neben ihm ein und schwenkte das Dreirad ebenfalls herum. Todd sprang aus der Kapsel und half seiner erschöpften Oma hinein. Dann sprintete er zwischen den beiden Fahrzeugen nach vorn, um sich auf den Sattel zu schwingen.

Stanley, der ebenfalls gerade aufsteigen wollte, zögerte eine Sekunde, dann streckte er den Fuß aus. Todd stolperte darüber und verstauchte sich den Knöchel.

Niemand bekam den Vorfall mit. Stanleys schnelle Bewegung sollte es wie ein dummes kleines Stolpern aussehen lassen und das gelang.

Er sprang auf den orangefarbenen *Ben Hur 3000* und radelte los. Todd krümmte sich einen Moment lang vor Schmerz über dem Lenker des braunen Dreirads. Dann biss er die Zähne zusammen, schwang sich auf den Sattel und jagte Stanley hinterher.

Bei jedem Tritt in die Pedale spürte Todd ein Stechen in seinem Knöchel, aber er war so wütend, dass er den Schmerz ausblenden konnte. Er beugte sich tief über den Lenker und fuhr wie noch nie in seinem Leben.

»Vorwärts, Todd!«, feuerte Ida ihn an und krallte ihre knochigen Finger in seine Schultern. »Schneller!«

Todd trat noch fester in die Pedale. Der Abstand wurde allmählich kleiner. Aber würde die Zeit reichen, um das orangefarbene Dreirad einzuholen?

Die Zuschauer sprangen auf und ab und schrien sich heiser. Das war das spannendste Rennen, das sie je gesehen hatten.

Die Dreiräder waren jetzt auf einer Höhe. Stanley zog wieder ein Stück an Todd vorbei. Doch der nahm noch einmal alle Kraft zusammen. Mit einer halben Radlänge Vorsprung schoss er über die Ziellinie. Dann sackte er schwer atmend über dem Lenker zusammen, während das braune Dreirad ausrollte.

»Yippiiiiieh!«, kreischte Ida und schlug Todd auf den Rücken. »Du hast es geschafft, Todd! Was für ein Rennen!«

Auf dem orangefarbenen Dreirad neben ihnen gratulierte Max seinem Sohn.

»Fantastisch!«, rief er. »Für Gold hat es nicht ganz gereicht, aber das macht nichts. Du warst großartig! Du hast alles gegeben in einem fairen Wettkampf. Ich bin stolz auf dich, Stanley.«

Stanley warf Todd einen raschen Seitenblick zu. Todd schaute ihn starr an, dann stieg er vom Sattel und humpelte schweigend davon.

Die Siegerehrung verzögerte sich, weil zunächst Todds geschwollener Knöchel bandagiert werden musste. Er erzählte niemandem, was vorgefallen war. Er wusste es und Stanley wusste es und das genügte. Gemeinsam mit Ida stand er auf dem Siegerpodest und die beiden hielten stolz ihre Goldmedaillen in die Kamera. Hinter ihnen spielte die Kapelle und Jeremy hob den Speedwell-Pokal hoch – das Symbol der Spiele.

»Wir machen uns jetzt besser auf die Suche nach den Schafen«, flüsterte Todd Ida zu, »bevor die Schlussfeierlichkeiten beginnen.«

»Du gehst nirgends hin mit deinem verstauchten Knöchel«, widersprach Ida streng. »Nisha ruft Daisy und Dilly an. Die beiden netten Mädchen von der Farm helfen mir bestimmt, die Schafe zusammenzutreiben.« Sie winkte lächelnd den Zuschauern zu. »Ich hoffe nur, dass sie noch im Park sind.«

Die Krieger hatten eine ganze Weile im Park gegrast, bis sie satt waren. Schließlich war das nun mal die Aufgabe eines Schafs; selbst eines Kriegerschafs. Entspannt fühlten sie sich allerdings nicht: Einige Leute waren stehen geblieben, machten Fotos von ihnen und sprachen darüber, die Polizei zu informieren. Aber noch beunruhigender war, dass nach wie vor irgendwo der Heilige Kübel auf sie wartete. Irgendwo!

»Zeit, aufzubrechen, würde ich sagen«, schlug Will vor. »Falls es dir wieder gut geht, Oxo?«

»Ging mir nie besser«, knurrte Oxo. »Hier entlang …?«

Sie trabten zügig über die Wiese oben auf dem Hügel. Nicht weit vom Parktor entfernt hatte sich eine kleine Menschentraube vor einem riesigen Bildschirm versammelt. Der Bildschirm war extra für die Familien-Spaß-Spiele aufgestellt worden und zeigte gerade die Höhepunkte des Dreirad-Rennens.

Jasmine blieb wie angewurzelt davor stehen. »AchduliebesGras … warte, Oxo! Moment!«, schrie sie. »Da ist er! Der mit dem Bart.«

Die anderen eilten herbei und stellten sich neben Jasmine. Sie hatte recht. Das *war* der Mann mit dem Bart. Und er hielt etwas Goldenes, Funkelndes in die Höhe.

Sally japste. »Der Heilige Kübel … ein Wunder … Wir haben ihn wiedergefunden!«

Oxo spannte die Schultern an, senkte den Kopf und scharrte mit den Hufen. »Höchste Zeit, dass du den rausrückst, Kumpel«, knurrte er. »Attaaaaa…«

Aber es kam zu keiner Attacke. Will versperrte ihm mit einem Satz den Weg.

»Das ist nur ein Bildschirm, Oxo. So wie bei Idas Laptop. Nur größer. Verstehst du?«

Oxo verstand nicht.

Will bemühte sich, es ihm zu erklären. »Der Mann ist echt. Aber er ist nicht hier. Er ist irgendwo da unten in der Stadt. Man sieht den Fluss hinter ihm.«

»Attaaaaacke!«, brüllte Oxo erneut.

Und diesmal sprang Will zur Seite und die Krieger stürmten alle gemeinsam los.

Im Abwasserkanal

Zwei Herren in Anzügen tauchten auf der Stadtfarm auf, kurz nachdem Nisha aufgebrochen war, um das Dreirad-Rennen zu kommentieren. Es handelte sich um die Anwälte der Stadtverwaltung. Sie wollten wissen, welche Vorkehrungen Tony für die Tiere getroffen hatte, wenn die Farm geschlossen wurde. Er erklärte ihnen, dass er keinerlei Vorkehrungen getroffen habe. Sie runzelten die Stirn und schüttelten den Kopf.

»Mr Maxwell«, ergriff einer der Anwälte das Wort. »Solange niemand ein besseres Angebot für das Grundstück abgibt – und zwar vor heute Mittag –, wird es, wie geplant, an *Die Bürobau-Profis* verkauft. Das werden Sie doch *sicher* verstehen?«

»Ich verstehe«, erwiderte Tony. »Aber Sie können mir doch *sicher* noch ein paar Tage Zeit geben?«

Die Anwälte schüttelten den Kopf.

»Ein paar Stunden mehr?«

Sie schüttelten wieder den Kopf.

»Aber wir bekommen ein Vermögen für den Goldenen Gral und sind dann in der Lage, das Anwesen zu kaufen.«

Der Anwalt, der gesprochen hatte, schaute Tony unfreundlich an. »Mr Maxwell, Sie *haben* den Goldenen Gral noch nicht gefunden.«

»*Falls* er überhaupt existiert«, fügte der zweite Anwalt hinzu.

Tony rang die Hände. »Ich bin dicht dran«, rief er verzweifelt. »Geben Sie mir noch ein paar Stunden … bitte.«

Die beiden Anzugträger schüttelten den Kopf.

»Bis Mittag«, sagte der erste Anwalt scharf. »Keine Sekunde mehr.«

Sobald sie weg waren, holte Tony nochmals die alten Pläne hervor. Aber es fiel ihm schwer, sich zu konzentrieren. Sollte er sich nicht besser darum kümmern, ein neues Zuhause für die Tiere zu finden? Sollte er nach den verschwundenen Schafen suchen? Angestrengt rief er sich Nishas Worte in Erinnerung: »Schau dir die Pläne noch einmal genau an, Tony. Vergiss die Kellergewölbe. Vergiss die Geheimtüren. Überleg dir, was du tun würdest, wenn *du* ein Gärtner wärst und etwas loswerden wolltest, was du gestohlen hast. Vielleicht gibt es da noch einen Ort auf dem Schlossgelände, an den du nicht gedacht hast?«

Er starrte auf die Pläne. Hatte Arthur den Gral in einer entlegenen Ecke des großen Gartens vergraben? In Tonys Gedanken herrschte Nebel. Doch schlagartig lichtete sich der Nebel. *Klick*. Aber natürlich! Der Schlüssel! Der Schlüssel war zu klein für eine Tür. Er musste zu einer Kiste gehören. Der Gral befand sich in einer verschlossenen Kiste. Irgendwo …

Ein Detail auf einer der ältesten Zeichnungen erregte Tonys Aufmerksamkeit. Er hielt die Karte ans Licht und schaute angestrengt auf die verblasste, gestrichelte Tintenlinie. Sie markierte einen Abwasserkanal, der zum Fluss führte. Erneut machte es *Klick* bei Tony. Doch diesmal war es eine ernüchternde Erkenntnis: Vielleicht hatte Arthur den Gral überhaupt nicht versteckt. Vielleicht hatte er ihn so verzweifelt loswerden wollen, dass er ihn einfach mit dem Müll in den Abwasserkanal geworfen hatte, damit die Themse ihn ins Meer fortspülte. Tonys Herz wurde bleischwer. Jetzt bestand keine Hoffnung mehr. Er musste akzeptieren, dass der Gral für immer verloren war.

Tony seufzte unglücklich und wollte die Karte schon zusammenfalten, da fiel ihm plötzlich auf, dass die gestrichelte Linie des Abwasserkanals an der Mauer endete, die das Schlossgelände zum Fluss hin begrenzte, abgeriegelt durch ein Gittertor unter dem Wasserspiegel … Tonys Puls ging schneller. Wenn sich am Ende des Abwasserkanals ein Gitter befand, bestand die Chance, eine winzig kleine Chance, dass der Gral noch im Kanal festhing. Er steckte die Karte in die Tasche, sprang die Stufen vor dem Wohnwagen hinunter und rannte durch das hohe Gras zum Fluss.

Daisy und Dilly, die vorgaben, den Ziegenbock zu striegeln, beobachteten, wie Tony sich mühsam seinen Weg durch das Dickicht bahnte. Bis zur Brust versank er in den Brombeerranken und Brennnesseln vor der Flussmauer.

»Was hat er vor?«, fragte Dilly.

»Keine Ahnung. Aber er ist wegen irgendwas ziemlich aufgeregt«, antwortete Daisy.

Sie hörte auf, den Ziegenbock zu bürsten, woraufhin der sich schnurstracks aus dem Staub machte, um an den Socken zu knabbern, die an Tonys Wäscheleine hingen.

Tony konnte die Mauer vor lauter Gestrüpp kaum sehen. Er warf erneut einen Blick auf die Karte. Ja, er suchte eindeutig an der richtigen Stelle. Er fand einen Vorsprung an der Steinwand, auf dem er mit den Füßen Halt fand, zog sich hoch und stand schließlich wackelig auf der Mauer. Auf der anderen Seite schwappte vier Meter tiefer die Themse gegen den Sockel. Erleichtert atmete er auf. Er hatte Glück, bei Flut erreichte der Wasserstand beinahe die Oberkante der Mauer.

Tony ließ sich langsam an den Steinen hinunter und sprang auf den schlickigen Strand. Das Wasser strudelte leicht um seine Stiefel. Er drehte sich um und suchte die Mauer mit den Augen ab. Tatsächlich: Genau an der Stelle, die auf dem Plan eingezeichnet war, befand sich das Gittertor. Nun ja, ein Tor: Es handelte sich schlicht um ein uraltes, verwittertes Eisengitter, das senkrecht den Zugang zu dem hohen, breiten Kanalabfluss versperrte und mit einem verrosteten Riegel gesichert war.

Tony zerrte versuchsweise an dem Riegel und zu seiner Verblüffung ließ dieser sich leicht bewegen. Er zog das Tor auf und trat in geduckter Haltung in den Kanal. Wasser tropfte von der Decke über seinem eingezogenen Kopf. Der Steinboden unter seinen Füßen war nass und glitschig. Tony geriet ins Schwanken und streckte die Hand aus, um das Gleichgewicht wiederzufinden. Die Wände waren mit grünem Schleim überzogen. Tony ließ das Tor hinter sich weit offen stehen und tastete sich langsam durch den Kanal. Es war kalt und stockdunkel. Plötzlich fiel ihm die Mini-Taschenlampe an seinem Schlüsselbund ein. Er schaltete sie an und der kleine, grellweiße Lichtkegel fiel auf einige Steinstufen am hinteren Ende des Kanals.

Mittlerweile watete Tony durch Schlamm. Der Fluss hatte eine dicke Schicht Schlick hereingespült und zurückgelassen. Sie wurde tiefer, je näher er den Stufen kam. Tony blieb stehen und schaute sich im Schein der Lampe um. Direkt unterhalb der Stufen war der Schlick am tiefsten. Dort hatte er sich seit Jahrhunderten abgelagert.

Tony kniete sich hin und begann, mit den Händen darin zu graben. Die schlammigen Ablagerungen waren kalt und körnig. Er hörte seinen eigenen Atem in der klammen Stille. Grabend arbeitete er sich bis hinter die Stufen vor. Dort reichte ihm der Morast bis zu den Ellbogen. Plötzlich berührten seine suchenden Finger etwas Hartes, Kaltes. Sein Herz machte einen Sprung, doch es war nur ein alter Knochen, der Rest eines vor Ewigkeiten verspeisten Abendessens. Er fischte weitere Knochen und einige Austernschalen aus dem Schlick, außerdem ein paar Tonscherben, verschiedene alte Münzen und ein paar ledrige Stücke Irgendwas; er hatte keinen blassen Schimmer, worum es sich handelte. Immerhin befand er sich in einem Abwasserkanal. Zu guter Letzt ertasteten seine Finger einen größeren Gegenstand: Er war glatt und viereckig und bestand aus Metall. Eine Kiste! Tony scharrte aufgeregt im Morast, konnte aber die Kiste nicht herauslösen, denn sie hatte sich hinter einem großen Stein verkeilt. Es war ein Werkzeug vonnöten, um sie herauszuhebeln. Er setzte sich auf die Fersen und versuchte nachzudenken.

Die Abfälle wurden durch den Kanal in den Fluss geschwemmt. Aber wo kamen sie her? Sein Blick wanderte die Steinstufen hinauf.

Daisy und Dilly waren völlig überrumpelt, als Tony plötzlich wieder auftauchte. Sie hatten beobachtet, wie er sich durch das Gestrüpp gekämpft hatte und dann von der Mauer zum Fluss hinuntergesprungen war. Und jetzt, nur wenig später, schoss er unvermittelt hinter dem alten Komposthaufen hervor und flitzte zum Geräteschuppen.

»Schnell!« Daisy packte ihre Schwester am Arm. »Ich weiß nicht, was vor sich geht, aber das ist vielleicht unsere Chance.«

Der Komposthaufen lag auf unebenem Gelände unweit des Gestrüpps und des Flusses. Er war so hoch wie Daisy und so breit wie Daisy und Dilly zusammen, wenn sie sich hintereinander der Länge nach auf den Boden legten.

Daisy rannte um den Haufen herum und wäre beinahe in ein Loch im Boden gefallen. Im Gras neben dem Loch lag ein uralter, runder Deckel aus Holz, der mit Moos bewachsen war.

»Hier muss Tony rausgekommen sein«, stellte Daisy fest. Sie kniete sich hin und spähte in die Tiefe. »Das ist ein Tunnel! Da führen Stufen hinunter.«

»Oh, Daisy … sei vorsichtig!«

Daisy kletterte in das Loch. »Komm schon, Dilly!«

Ein Sonnenstrahl fiel auf den Fuß der Treppe. Die Zwillinge entdeckten die Stelle, wo Tony gegraben hatte. Und sie sahen die freigelegte Ecke der Metallkiste.

Daisys Hände waren kleiner als Tonys und nicht steif vor Kälte. Sie schob ihre Finger unter das Kästchen und ruckelte es geduldig Zentimeter um Zentimeter hinter dem Stein hervor. Es war ungefähr dreißig Zentimeter lang und breit und musste einst kunstvoll verziert gewesen sein. Aber Daisy interessierte sich nur für das Schloss. Sie zog den kleinen Schlüssel aus der Tasche.

»Vorsichtig …«, flüsterte Dilly. »Damit er nicht abbricht.«

Daisy führte den Schlüssel behutsam in das Schloss ein. Sie drehte ihn und spürte, wie sich die Verriegelung löste. Gemeinsam hoben die Schwestern den Deckel an und schauten hinein.

»Das ist er?«, fragte Dilly und starrte auf den kleinen,

gräulichen Gegenstand, der die Form eines Weinglases hatte. »Er ist völlig verdreckt.«

»Das wärst du auch, wenn du jahrelang hier unten begraben liegen würdest«, entgegnete Daisy. Sie nahm den Gral aus dem Kästchen. »Aber er ist unversehrt. Schau …« Sie rieb einen Fingerbreit Schmutz vom Rand des Kelches. »Er besteht aus purem Gold. Und *das* hier ist ein Diamant …«

In Dilly kam schlagartig Leben. »Steck ihn unter dein T-Shirt«, zischte sie. »Verschwinden wir, bevor Tony zurückkommt.«

Mathildes Geheimnis

Während Tony auf der Suche nach einem Stemmeisen im Geräteschuppen herumrumpelte und die Zwillinge im Abwasserkanal waren, polterten und stürzten die Kriegerschafe eine rutschige Steintreppe zur Themse hinunter. Sie verfolgten den Mann mit dem Bart.

Die Stufen lagen am Ende einer engen Gasse hinter dem Vectis Way. Der Mann mit dem Bart hatte sich von der Menge abgesetzt und die Schafe hatten sich ihm an die Fersen geheftet. In ihrem Eifer fiel ihnen gar nicht auf, dass er den Heiligen Kübel überhaupt nicht mehr bei sich trug. Nachdem er platschend den matschigen Strand entlanggestapft war, verschwand er jetzt durch ein Eisentor in der Flussmauer.

»Verliert ihn nicht aus den Augen!«, schrie Will.

Die Schafe stürmten durch das knöcheltiefe Wasser, dass es nur so spritzte. Am Tor zögerten sie erst, dann schlichen sie vorsichtig hinein und blieben aneinandergedrängt stehen. Sie blinzelten angestrengt in die Dunkelheit und versuchten herauszufinden, wohin der Mann mit dem Bart verschwunden war. Plötzlich hörten sie ihn schreien.

»Legt das wieder hin!« Seine Stimme hallte von den Steinmauern wider.

»Hin … hin … hin …«, ertönte das Echo.

Am hinteren Ende des Kanals hörte Daisy ihn ebenfalls. Vor Schreck blieb ihr beinahe das Herz stehen. Statt den Goldenen Gral unter ihr T-Shirt zu schieben, ließ sie ihn in den Schlick fallen.

»Jeremy!«

»Jeremy!«, wiederholte Dilly.

Jeremy kraxelte auf sie zu. Er bückte sich und schnappte sich den Gral. »Ich wusste, dass ihr es darauf abgesehen habt!« Er funkelte die Mädchen zornig an. »Mir kam gleich so ein Verdacht, als ihr anfingt, auf der Farm zu arbeiten. Und mir erzählt ihr, dass ihr Tiere mögt. Pah! Ihr heißt Upton und ihr seid Uptons durch und durch.«

»Und?«, fauchte Daisy. »Du bist auch ein Upton.«

»Ja, leider«, fuhr Jeremy sie an. »Ein zwielichtiger Vorfahre ist schlimm genug, aber wenn man dann noch zwei betrügerische Cousinen hat, die den Familiennamen in den Dreck ziehen, dann ist das ein bisschen viel.« Sein Gesicht war jetzt ganz nah vor Daisys Gesicht. »Der Name zählt. Ich will nicht, dass Leute mich anschauen und denken: Oh, oh, dieser Jeremy ist ein Upton. Dem kann man nicht trauen. Seine Cousinen haben den Goldenen Gral geklaut.«

»Aber wir könnten alle reich werden!«, schrie Dilly. »Wollen wir nicht halbe-halbe machen? Ihn verkaufen und uns das Geld teilen?«

Jeremy wandte sich um und starrte Dilly an. »Du kapierst es einfach nicht, was? Ehrlichkeit und so seltsame Dinge sind Fremdwörter für dich, oder?«

Dilly schüttelte den Kopf.

Daisy dämmerte mittlerweile etwas. »Du bist der Geist!«, rief sie. »Onkel Arthurs Geist.«

Jeremy musste beinahe lachen. »Ja«, antwortete er. »Und für den Fall, dass meine Warnung euch nicht abgeschreckt hat, bin ich hergekommen, um euch noch mal heimzusuchen. Das ist jetzt nicht mehr nötig.« Er schaute auf den schmutzigen Kelch in seinen Händen. »Aber meine Botschaft ist dieselbe: Finger weg! Ihr werdet den Gral nicht stehlen.«

»Was willst du denn damit anstellen?«, fragte Daisy argwöhnisch.

Jeremy zuckte mit den Schultern. »Vermutlich gebe ich ihn diesem Schwachkopf Tony. Er soll dann entscheiden, was damit geschieht.«

»Ich traue wohl meinen Ohren nicht!« Tonys entgeistertes Gesicht tauchte plötzlich in der Öffnung über den Stufen auf, sodass sich der Kanal unten verdunkelte. »Daisy? Dilly? Meine Helferinnen? Ihr habt mich die ganze Zeit hinters Licht geführt?«

Daisy schnaubte. »Das war nicht besonders schwer.«

»Sogar ziemlich leicht, um ehrlich zu sein«, fügte Dilly hinzu.

Tony half Jeremy aus dem Loch ins Freie und die beiden Männer schauten einander einen Moment lang an. Dann warf Jeremy Tony den Kelch zu. »Hier, nimm ihn! Ich habe eine Schlussfeier zu überwachen.« Im Davoneilen drehte er sich noch einmal um. »Oh – und diese nervtötenden Schafe, die ständig in die Wettkämpfe hineinpfuschen – die sind unten im Kanal. Tu mir den Gefallen und halt sie da unten fest, bis die Schlussfeier vorbei ist.«

Tony sah Jeremy nach, der mit großen Schritten davonging. »Ja, klar … geht in Ordnung!«, rief er. »Alles, was du willst.«

Daisy und Dilly steckten die Köpfe aus dem Loch.

»Und ihr könnt ebenfalls da unten bleiben«, erklärte Tony und schob den Deckel über die Öffnung. »Bis ich entschieden habe, was mit euch zu tun ist.« Er steckte zwei Finger zwischen die Lippen und pfiff.

Sheba kam herbeigesprungen.

»Sitz!«, befahl Tony und deutete auf den runden Deckel. »Braves Mädchen. Sitz.«

Sheba ließ sich mit ihrem ganzen Gewicht auf den Deckel plumpsen.

»Bleib!«, sagte Tony. »Bleib hier, bis ich zurückkomme.« Er streichelte ihren Kopf. »Guter Hund. Lass niemanden raus.«

Sheba wedelte mit dem Schwanz und legte sich mit einem leisen Knurren hin.

Tony schob den schmutzigen Kelch, von dem er wusste, dass es der Goldene Gral war, unter sein Hemd und rannte durch das Gestrüpp aus Brombeerranken und Brennnesseln zur Flussmauer.

Es gelang ihm, über die Mauer zu klettern, durch das Wasser den Strand entlangzuplatschen und das Eisentor zu verriegeln, bevor Daisy und Dilly sich an den verängstigten Schafen vorbeidrängen konnten.

Er warf einen Blick auf die Uhr. Halb zwölf! Er hatte es geschafft!

Der Anwalt der Stadtverwaltung reagierte verblüfft, als er endlich begriff, was Tony ihm sagen wollte. »Sie haben ihn gefunden? Den Goldenen Gral?«

»Ja«, brabbelte Tony aufgeregt ins Telefon. »Sie können also den Verkauf abblasen. Sagen Sie den Leuten von der Baugesellschaft, dass sie das Palast-Grundstück nicht bekommen.«

»Oh, ich denke, das geht nicht«, entgegnete der Anwalt. »Nicht, bevor ich den eindeutigen Beweis sehe, dass Sie den Gral tatsächlich haben und somit in der Lage sind, ein besseres Angebot für das Grundstück abzugeben.«

»Aber ich *habe* ihn«, jammerte Tony. »Ich muss da nur noch eine Sache erledigen, dann bringe ich ihn zu Ihnen.«

Der Anwalt seufzte. »Die Frist läuft um Punkt zwölf Uhr ab«, sagte er. »In meinem Büro.«

»Nein, nicht in Ihrem Büro!«, jaulte Tony auf. »Das ist zu

weit. Dorthin schaffe ich es nie rechtzeitig. Irgendwo hier in der Nähe …«

»Dann im Speedwell-Stadion«, antwortete der Anwalt und legte auf. »Der arme Kerl ist nicht ganz richtig im Kopf«, sagte er zu seinem Kollegen. »Aber egal. Auf diese Weise kann ich mir immerhin die Schlusszeremonie ansehen.«

Tony ging nicht das Risiko ein, mit seinem unzuverlässigen Lieferwagen zu fahren. Stattdessen nahm er das alte Dreirad, das Ida auf dem Hof abgestellt hatte, und strampelte, so schnell er konnte, zum Vectis Way. Die Straße war mittlerweile wieder für den Verkehr freigegeben und die meisten Zuschauer hatten sich bereits zum Stadion aufgemacht. Er stellte das Dreirad vor dem Vectis Hotel auf den Parkplatz des Hoteldirektors und hastete durch die Lobby zur Rezeption.

»Miss Mathilde Bonifaz«, keuchte er. »Es ist sehr wichtig, dass ich sie umgehend spreche. Welche Zimmernummer hat sie?«

»Ich fürchte, das darf ich Ihnen nicht sagen«, erklärte die entgeisterte Rezeptionistin. »Wir geben die Zimmernummern unserer Gäste nicht an jeden dahergelaufenen Tom, Dick oder Harry heraus, der danach fragt.«

»Ich bin nicht Tom, Dick oder Harry. Ich bin *Tony*. Bitte rufen Sie sie an. Sagen Sie ihr, dass ich hier bin. Und richten Sie ihr aus, dass ich *ihn* gefunden habe. Sie weiß, was ich damit meine.«

Wenige Minuten später trat Tony im siebten Stock aus

dem Fahrstuhl. Er eilte über den dicken Teppich des Korridors und klopfte an die Tür zu Zimmer 729.

»Mathilde? Mathilde? Ich bin's, Tony.«

»Einen Augenblick, mein Junge!« Und kurz darauf rief sie: »Kommen Sie herein. Die Tür ist nicht abgeschlossen.«

Mathilde Bonifaz saß auf einem Stuhl im hinteren Teil des Raums. Sie trug den langen schwarzen Umhang und um ihr weißes Haar hatte sie wieder den Schal geschlungen.

»Es tut mir leid, dass es hier so dämmrig ist«, sagte sie und machte eine wedelnde Handbewegung in Richtung der zugezogenen Vorhänge. »Helles Licht schmerzt meine alten Augen.« Sie keuchte leicht. »Haben Sie ihn tatsächlich gefunden?«

Tony zog den Kelch unter seinem Hemd hervor und legte ihn der alten Dame auf den Schoß. Mathilde betrachtete ihn reglos. Dann rieb sie noch etwas Schmutz von dem goldenen Rand.

»Er ist wunderschön«, flüsterte sie. »Genau, wie ich ihn in Erinnerung habe …« Sie schniefte. »Ach, das ist ein sehr bewegender Moment für mich, Tony. Würden Sie mir bitte Taschentücher holen? Im Badezimmer finden Sie welche.«

Tony tätschelte freundlich Mathildes Hand und ging rasch ins Bad, wo er sich nach den Taschentüchern umsah.

Plötzlich schlug die Tür hinter ihm zu. Und der Schlüssel wurde im Schloss herumgedreht.

In der Falle

Mandy und Jeremy fuhren im Jeep vor dem Vectis Hotel vor.

»Das ist eine sehr gute Idee, Mathilde Bonifaz den Pokal präsentieren zu lassen, Mrs Speedwell«, lobte Jeremy. »Das ist großartig für unser Marken-Image.«

»Das Marken-Image hatte ich dabei gar nicht im Kopf, Jez«, entgegnete Mandy. »Ich dachte nur, dass sie eine traurige alte Dame ist, der ein bisschen Aufheiterung guttun könnte. Und dass sie vielleicht Freude daran hat.«

»Ja, sicher … genau«, stimmte Jeremy zu. »Wissen Sie, welche Zimmernummer Miss Bonifaz hat?«

»Die benötigen wir gar nicht«, antwortete Mandy und sprang aus dem Jeep. »Schauen Sie, da kommt sie.«

Mathilde Bonifaz war in ebendiesem Moment aus dem Portal des Hotels getreten. Sie wehrte ab, als Mandy und Jeremy ihr Anliegen vortrugen, aber ein Nein ließ Mandy nicht gelten.

»Sie müssen den Pokal ja nicht unbedingt präsentieren«,

erklärte sie. »Es genügt, wenn Sie ihn der Menge zeigen. Die Sache wird Ihnen Spaß machen, Mathilde. Ganz sicher.«

Eine kleine, aber wachsende Menschentraube war stehen geblieben und nickte ihr ermunternd zu. »Geben Sie sich einen Ruck, Miss Bonifaz«, riefen sie. »Tun Sie es für uns! Tun Sie es für die Farm.«

Mathilde ließ den Blick über die Leute schweifen, die sie jetzt umringten. Dann zog sie ihren Schal noch fester um die Schultern und ließ sich von Mandy beim Einsteigen in den Jeep helfen.

Im Badezimmer des Zimmers 729 hämmerte der eingesperrte Tony indessen gegen die Tür und schrie um Hilfe. Er rüttelte und drehte mit aller Kraft am Türknauf, doch vergeblich.

»Das Handy!«, rief er plötzlich aus. »Nutze deinen Verstand, Tony! Hol übers Telefon Hilfe!«

Hastig zerrte er sein Handy aus der Tasche und schaute auf das Display. Kein Empfang. Er kletterte in die Badewanne und schwenkte das Telefon durch die Luft. Dann stieg er auf die Toilette und hielt das Handy über seinen Kopf. Immer noch kein Empfang.

»Aaaarrggh!« Tony sprang wieder auf den Boden und warf das Handy ins Waschbecken. Nun blieb nur noch eine Option. Er stellte sich seitlich vor die Tür, straffte seine Schulter und warf sich dagegen.

Beim fünften Versuch barst das Türschloss und Tony

stürzte taumelnd ins Zimmer. Er hechtete über das Bett und stürmte hinaus auf den Flur. Dort wartete er exakt eine Sekunde auf den Fahrstuhl, dann raste er die Treppe hinunter.

Unten in der Lobby befand sich Todd. Er hatte seinem Knöchel etwas Ruhe gegönnt, weil der Arzt darauf bestanden hatte, und wollte sich jetzt auf den Weg machen, Ida zu suchen, um ihr bei der Jagd nach den verschwundenen Schafen zu helfen. Gerade betrat er die Drehtür, als Tony hinter ihm hineinrumpelte. Zwei Runden steckten die beiden in der Tür fest.

»Was ist los?«, fragte Todd, als sie endlich auf den Gehsteig hinaustaumelten.

»Mathilde Bonifaz! Sie hat mich eingesperrt! Sie hat den Goldenen Gral geklaut!« Tony packte Todd an den Schultern. »Sie hat sich aus dem Staub gemacht«, heulte er auf. »Sie ist weg.«

»Wovon redest du? Wo ist sie hin?«

»Ich habe keine Ahnung ...«

Tony schüttelte Todd so heftig, dass der mit den Zähnen klapperte. Ganz in der Nähe stand noch jemand auf dem Gehsteig. Stanley.

Er senkte den Blick, als Todd ihn anschaute. »Ähm ... falls ihr von der alten Dame sprecht, der mit dem schwarzen Umhang und so, die ist im Stadion.«

Tony blieb der Mund offen stehen. Er hörte auf, Todds Schultern zu schütteln.

Stanley zuckte mit den Achseln. »Ich habe sie noch vor

ein paar Minuten gesehen. Zusammen mit meiner Mum.« Er wandte sich an Todd. »Aber deshalb bin ich nicht hier. Ich wollte dir Bescheid geben, dass deine Oma auch im Stadion ist. Die Schafe hat sie noch nicht gefunden.« Er senkte erneut den Blick und scharrte mit einem Fuß auf dem Gehsteig. »Also … ähm, ich … ich dachte, ich komm her und helf dir suchen.«

Jetzt war es Todd, der verblüfft dreinschaute. Aber bevor er noch antworten konnte, schüttelte Tony wieder seine Schultern.

»Neeeein!«, brüllte er entsetzt. »Ooooh nein! Eure Schafe! Ich weiß, wo sie sind. Sie sind im Abwasserkanal eingesperrt. Mit Daisy und Dilly. Und die Flut kommt!«

Den Schafen war der steigende Wasserspiegel schon gleich aufgefallen, als Tony das Eisentor hinter ihnen zugeschlagen hatte.

Daisy und Dilly brauchten etwas länger, um zu erfassen, in welcher Gefahr sie schwebten. Zunächst saßen sie auf den Stufen und mussten sich zusammenreißen, um nicht vor Wut und Enttäuschung in Tränen auszubrechen.

»Jeremy!«, fauchte Daisy. »Wie ist aus Jeremy bloß so ein Heiliger geworden?«

»Das ist einfach nicht richtig«, schniefte Dilly. »Er ist ein Upton.«

»Und er ist grausam«, klagte Daisy. »Sich als Urgroßonkel Arthurs Geist auszugeben.«

Dilly wischte sich über die Augen. »Herzlos. Uns Angst einzujagen. Er ist herzlos.«

»Tony ist genauso schlimm«, bekräftigte Daisy. »Uns hier einzusperren ...« Sie streckte sich nach oben und schlug gegen den Deckel. Selbst durch das dicke Holz hörte sie Sheba knurren. »Nutzloser Hund«, murmelte sie.

Eine halbe Stunde später war den Zwillingen die bedrohliche Lage vollauf bewusst. Das Wasser reichte ihnen bis zu den Achseln und fünf Schafe hatten sich neben sie auf die steinernen Stufen gequetscht.

Oxo hatte versucht, das Eisengitter einzureißen, aber musste nach zwei schmerzhaften Attacken aufgeben.

Dann hatte er sich an den Mädchen vorbei auf die oberste Stufe gedrängelt und versucht, den Deckel mit seinem Kopf anzuheben. Doch mit Sheba, die darauf lag, war er viel zu schwer.

»AchduliebesGrasachduliebesGras ...«, jammerte Jasmine, angestrengt bemüht, die Nase über Wasser zu halten. »Wo ist Will? Nicht ertrinken, Will ... bitte ertrink nicht!«

Will kämpfte verzweifelt, um nicht von der obersten Stufe abzurutschen. Wasser schwappte gegen seinen Kopf. Er versuchte, die Nasenlöcher zusammenzukneifen, aber er musste atmen. Wasser floss in seine Nase und nahm ihm die Luft.

Wettlauf gegen die Zeit

Die Panik vor dem Vectis Hotel verebbte schlagartig, als Todd das Kommando übernahm.

»Schnapp dir Omas Dreirad!«, schrie er und schubste Tony zum Parkplatz. »Ich kümmere mich um die Schafe. Du hältst Mathilde auf, bevor sie mit dem Gral abhaut. Los! Und verhindere, dass der Typ von der Stadtverwaltung den Kaufvertrag abschließt!«, brüllte er Tony noch nach, als der davonflitzte.

Dann drehte Todd sich um und funkelte Stanley an. »Ich nehm euer Dreirad.« Er hetzte zu dem *Ben Hur 3000*, den Stanley ordentlich vor dem Hotel geparkt hatte. »Ob es dir passt oder nicht.«

»Es passt mir nicht«, erklärte Stanley, schob Todd beiseite und schwang sich in den Sattel. »Du kannst mit deinem Knöchel nicht in die Pedale treten. Los, steig ein! Ich fahre.«

Todd blinzelte, aber widersprach nicht.

Autos hupten, Fahrer schimpften und Fußgänger sprangen in Panik beiseite, als Stanley den Vectis Way hinunterpeste und dann über kleine Seitenstraßen zur Stadtfarm raste. Seine Beine strampelten unermüdlich und Schweiß rann ihm über das Gesicht.

»Die Sache mit deinem Knöchel tut mir leid«, keuchte er, während er alles gab. »Das war fies von mir. Besonders nachdem deine Oma so nett war und gesagt hat, dass sie leichter ist als mein Vater. Dad hat recht. Es wird Zeit, dass ich erwachsen werde.«

Todd stand in der Beifahrerkapsel und beugte sich über Stanleys Schultern. Immer wenn sie abbiegen mussten, warnte er die Fahrzeuge hinter ihnen, indem er seitlich den Arm rausstreckte. »Schon in Ordnung«, erwiderte er verlegen.

Stanley schoss durch das offene Farm-Tor, vorbei an dem kleinen Grüppchen von Demonstranten, die noch auf dem Gehsteig ausharrten. Die meisten hatten inzwischen aufgegeben und waren nach Hause gegangen, weil sie die Sache verloren glaubten.

»Wohin jetzt?«, fragte Stanley, ohne abzubremsen.

»Bis ganz nach hinten!«, schrie Todd. »Halt Ausschau nach dem Gestrüpp …« Plötzlich hörte er aufgeregtes Hundegebell. »Nach links … da drüben! Neben dem Komposthaufen!«

Todd rief nach dem Hund, während er und Stanley von dem Dreirad sprangen.

»Gut gemacht, Sheba! Guter Hund. Komm weg da. Lass uns mal ran. Guter Hund!«

Sheba erhob sich und rannte schwanzwedelnd auf Todd zu.

»Gut gemacht ...«, wiederholte Todd und humpelte zu dem runden hölzernen Deckel im Gras.

Stanley ließ sich neben Todd auf die Knie fallen.

»Ich höre das Gurgeln von Wasser!«, rief er mit entsetzt aufgerissenen Augen. »Die Flut ist schon da.«

Sie gruben ihre Finger unter den Deckelrand und zogen daran.

Der Deckel war zwar schwer, aber er ließ sich mühelos bewegen. Während Todd und Stanley ihn noch beiseiterollten, reckten sich blitzschnell zwei Arme aus der Öffnung: Sie hielten ein durchnässtes, röchelndes Lamm empor.

Daisys Kopf tauchte auf. »Nimm ihn, schnell!«, stieß sie hervor und warf Todd das halb ertrunkene Tier zu. Sie drehte sich um und schaute in die Tiefe.

Jetzt tauchte Dilly neben ihr auf. Sie hielt ein spuckendes Jacobschaf an Kopf und Vorderbeinen.

»Hier ist das nächste.«

Daisy packte die Hinterbeine und gemeinsam hielten sie Stanley Jasmine entgegen, damit er sie auf das Gras ziehen konnte.

Daisy krabbelte aus dem Loch, gefolgt von Dilly. Die beiden waren tropfnass.

Todd warf sich flach auf den Bauch und streckte den

Arm in die Tiefe. Er bekam Sallys Nacken zu fassen und zog. Stanley legte sich auch auf den Boden und half ihm, das verängstigte Schaf so weit hochzuzerren, dass es aus dem Loch kraxeln konnte. Linx schaffte es, ohne Hilfe herauszuklettern, aber Oxo, der darauf bestanden hatte, auf der untersten Stufe zu stehen, hatte sehr viel Wasser geschluckt und nun war er zu erschöpft, um sich selbst in Sicherheit zu bringen.

Todd richtete sich auf, ließ die Beine über dem Rand der Öffnung baumeln und holte tief Luft. Dann sprang er in die Tiefe. Das kalte Wasser schlug über seinem Kopf zusammen, während er abtauchte und die Stufen hinunterschlitterte. Er öffnete die Augen, schob seine Hände unter Oxos Hinterteil und stemmte sich dagegen. Stanley beugte sich noch tiefer in das Loch und zog an dem Schafbock, während Daisy und Dilly beklommen danebenstanden und zusahen. Endlich ploppte Oxo aus der Öffnung wie ein Flaschenkorken.

Todd kletterte heraus und sank neben Stanley ins Gras.

»Danke«, keuchte er, »dass du mich hergefahren hast. Und für deine Hilfe hier …« Er schaute zu den Schafen hinüber. »Ich kann dir gar nicht sagen, wie oft es dieser Haufen schafft, sich in Schwierigkeiten zu bringen.«

Stanley lächelte. »Die Schafe sind cool. Verrückt, aber cool.« Er bemerkte, dass die Zwillinge sich zu ihrem Wohnwagen davonschlichen. »Sollten wir sie nicht aufhalten?«

Todd schüttelte den Kopf. »Sie haben Will und Jasmine gerettet. Sie können nicht durch und durch schlecht sein.«

Das Röcheln und Husten der Krieger verstummte allmählich und Wasser floss aus ihren Augen und Nasen ab.

»AchduliebesGras …«, wisperte Jasmine. »Wir wären da unten beinahe *ertrunken*.«

»Jep«, entgegnete Linx. »Aber das hat auch sein Gutes: Das stinkende gelbe Zeug aus dem Zelt wurde dabei abgewaschen.«

Will gelang ein mattes Kichern. »Ja. Jetzt riechen wir alle gleich. Nach Eau de grüner Schleim.«

Sally ließ sich unvermittelt auf ihr Hinterteil plumpsen und machte eine sorgenvolle Miene. »Verzeihung, Kinder«, sagte sie. »Das Wasser hat wohl irgendwas mit meinem Gehirn angestellt. Erklärt mir bitte noch mal: *Warum* waren wir in diesem Kanal?«

Vier ratlose Schafe schauten schlagartig bekümmert drein. »Ähm …«

Dann erinnerte sich Linx. »Wegen des Heiligen Kübeldings, Mann! Wir sollen den Heiligen Kübel finden. Bevor die Königin der Dürre daraus trinkt und die ganze Welt austrocknet. Für immer. Der Fluch des Durstes, richtig?«

»AchmeinlieberBartmeinlieberBart …«, schrie Jasmine. »Nein – nicht mein Bart, ich meine nicht meinen Bart. Ich habe keinen. Ich meine …«

Sheba, Hütehund und Möchtegernschaf, stand neben ihren neuen Freunden und wirkte sehr ratlos.

Will versuchte, es ihr schnell zu erklären. »Es gibt da einen Mann, er hat einen Bart und normalerweise trägt er unseren Heiligen Kübel mit sich herum. Wir wissen auch nicht, warum. Wir sind ihm zu dem Kanal gefolgt. Aber jetzt ist er weg.« Will unterdrückte ein Schluchzen. »Und es ist furchtbar wichtig, dass wir ihn finden. Bald.«

Sheba schaute Will aus großen traurigen Augen an und nickte langsam. Sie tappte zum Rand des Lochs und umrundete es, während sie angestrengt schnupperte. Sie hob die Schnauze und schnüffelte erneut in der Luft. Dann senkte sie ihre Nase wieder zum Gras und schnüffelte weiter.

Zu guter Letzt kläffte sie kurz und triumphierend. »Hab ihn! Folgt mir!«

Todd und Stanley fuhren herum und sahen nur noch, wie Sheba zum Tor der Farm hetzte und fünf seltene Rasseschafe hinterhergaloppierten.

Gold, überall Gold

Während der Zeiger der Uhr unverdrossen auf Mittag zutickte, hatte sich das Stadion bis zum letzten Platz gefüllt. Die Schlussfeierlichkeiten der Spiele würden für jeden Geschmack etwas bieten.

Die Musiker der Blaskapelle polierten ihre Instrumente, Artisten und Tänzer wärmten sich auf, die Clowns schminkten ihre Gesichter und die Sieger der einzelnen Wettkämpfe stellten sich, mit ihren Medaillen um den Hals, stolz für den Einmarsch ins Stadion auf. Alle bis auf Todd, den Sieger des Dreirad-Rennens, und Stanley, den Silbermedaillengewinner.

Ida schaute sich unruhig um. Ohne Todd wollte sie sich nicht in die Parade einreihen, also setzte sie sich neben Mandy und Max.

Mandy machte ebenfalls eine sorgenvolle Miene. »Hoffentlich ist Stanley nichts passiert«, sagte sie.

»Wahrscheinlich hockt er irgendwo rum und schmollt«,

knurrte Max. »Wir haben den Jungen völlig verzogen, Mandy. Es ist höchste Zeit, dass er erwachsen wird.«

Mandy seufzte. »Na, wir können die vielen Leute nicht weiter warten lassen. Du gehst besser raus, um deine Ansprache zu halten.«

Max kletterte auf das Podium in der Mitte der Arena und überprüfte das Mikrofon. »Meine Damen und Herren, liebe Kinder«, fing er an. Seine Stimme dröhnte durch das Stadion.

Tony hörte diese Begrüßung, während er auf Idas altem Dreirad die Straße entlangflitzte, die zum Stadioneingang führte.

»… ich begrüße die vielen wunderbaren Familien, wie auch immer sie sich zusammensetzen. Schön, dass Sie heute alle hier sind. Mein Dank gilt den Wettkampfteilnehmern, den Zuschauern und natürlich unseren fleißigen Helfern, allen, die dazu beigetragen haben, dass die ersten Familien-Spaß-Spiele ein umwerfender Erfolg wurden. Ich kann nicht behaupten, dass es keine Pannen gab, aber wir haben Schritt für Schritt dazugelernt. Vor allem mussten wir lernen, dass Schafe eine echte Plage sein können.« Das Publikum lachte. »Außerdem möchte ich die Gelegenheit nutzen und Sie auffordern, mit mir gemeinsam den Demonstranten zu applaudieren, die mit ihrem Einsatz das Grundstück des Uferpalasts und die Stadtfarm retten wollten. Leider sieht es ganz so aus, als ob all ihre Bemühungen vergeblich waren und die Farm weichen muss …«

Tony sprang vom Dreirad und stürmte ins Stadion.

Der Wachmann am Tor erkannte ihn und hielt ihn nicht auf. »Eine Schande ist das mit der Farm«, schimpfte er.

Anwalt Nummer eins der Stadtverwaltung stand drinnen unweit des Eingangstors und blickte auf seine Uhr. Tony packte ihn am Arm und musste erst einmal zu Atem kommen, bevor er ein Wort herausbrachte.

»Sagen Sie den Verkauf ab …«, stieß er schließlich keuchend hervor. »Ich suche Mathilde Bonifaz.«

Der Anwalt machte eine ungehaltene Armbewegung und versuchte, Tony abzuschütteln. »Mr Maxwell, bitte lassen Sie mich los!«

Tony gehorchte und der Anwalt wischte sich über den Ärmel, als wäre er schmutzig geworden.

»Der Herr hier an meiner Seite«, sagte der Anwalt kühl und nickte in Richtung eines Mannes in grauem Anzug neben ihm, »ist der Geschäftsführer von *Die Bürobau-Profis.* Die Verträge wurden bereits unterschrieben. Wir müssen nur noch unsere unterzeichneten Ausfertigungen einander aushändigen. Ich gebe ihm dieses Exemplar …« Er hielt einen dicken weißen Umschlag hoch, auf dem der Stempel der Stadtverwaltung prangte. »Und er gibt mir sein Exemplar …« Der Geschäftsführer des Bauunternehmens hielt einen dicken weißen Umschlag hoch, in den das Logo seiner Firma eingeprägt war. »Und das war's. Damit wäre die Sache erledigt. Und das wird um *Punkt* zwölf Uhr mittags geschehen.«

Er wandte sich schroff ab.

Tony fiel auf die Knie und umklammerte die Beine des Anwalts. »Neeeeein …«

Max' Stimme dröhnte noch immer über die Lautsprecher. »Kommen wir nun zu unseren Abschlussfeierlichkeiten. Bitte heißen Sie unseren Ehrengast willkommen: Miss Mathilde Bonifaz!«

Einen Augenblick lang erstarrte Tony vor Verblüffung, während er noch immer die Beine des Anwalts umklammerte. Eine Sekunde später wurde er von einem schwarz-weißen Hütehund umgestoßen. Er schloss die Augen, während die fünf blökenden Schafe, die Sheba folgten, über ihn hinwegsprangen.

»Hey!«, rief der Wachmann den Schafen nach. »Ich habe es euch schon mal gesagt: Kein Eintritt ohne Ticket!«

Der Hund und die Schafe schenkten ihm keine Beachtung und galoppierten weiter. Der Anwalt und der Geschäftsführer starrten einander fassungslos an.

Im Stadion brauste Beifall auf, als Mandy einen Rollstuhl über den Rasen zu Max schob. Darin saß gebeugt eine alte Dame mit weißem Haar, einer sehr dicken, dunklen Brille und einem langen schwarzen Umhang. Sie winkte kraftlos der Menge zu. Jeremy marschierte stolz neben dem Rollstuhl her und trug den goldenen Speedwell-Pokal.

»Eine fantastische Werbung«, murmelte er. »Etwas Besseres gibt es gar nicht, um das Marken-Image zu stärken.«

Mandy blieb neben Max stehen, der mit erhobener Hand um Ruhe bat.

»Wie die meisten hier wissen«, sagte er, »wurde Mathilde Bonifaz im Uferpalast geboren und deshalb ist es uns eine große Ehre, dass sie sich bereit erklärt hat, den Speedwell-Pokal« – ein Trommelwirbel ertönte – »zu präsentieren. Er geht an die Mannschaft, die den Geist der Familien-Spaß-Spiele am besten verkörpert hat!«

Jeremy beugte sich hinunter und reichte der alten Dame im Rollstuhl den Pokal. »Würden Sie ihn bitte hoch über den Kopf halten«, flüsterte er ihr zu. »Nur eine oder zwei Sekunden.«

Mit zitternden Armen hob die alte Dame den großen goldenen Kelch in die Höhe.

»Das genügt, Mathilde«, sagte Mandy besorgt. »Tun Sie sich nicht weh.«

Jeremy tätschelte der alten Dame den Arm. »Großartig, einfach großartig … Und wenn Sie den Pokal jetzt vielleicht noch küssen würden? Sie wissen schon, so wie es Fußballer machen, wenn sie die Weltmeisterschaft gewonnen haben.«

Sheba und die Kriegerschafe kamen schlitternd am Rand der Arena zum Stehen. Sie sahen die Frau in Schwarz den goldenen Kelch an die Lippen führen.

»Mann, das muss sie sein!«, schrie Linx. »Die Königin der Dürre!«

»Den Heiligen Kübel greift sie, führt ihn zu den Lippen«, rezitierte Sally.

»Haltet sie auf! Sie darf nicht daran nippen!«, grunzte Oxo.

»Denn trinkt sie *vor* den Kriegern der wollenen Herden«, fuhr Will fort.

»AchduliebesGrasachduliebesGras …«, kreischte Jasmine. »Erstirbt auf immer das Leben auf Erden!«

»Einer für fünf und fünf für die Welt!«, brüllte Oxo und griff an.

Keiner der bestürzten Erwachsenen in der Mitte der Arena hatte Zeit, den Zusammenstoß zu verhindern. Oxos Schädel rammte den Rollstuhl seitlich, er kippte um und die alte Dame fiel heraus. Die Zuschauer schnappten nach Luft. Der goldene Pokal wurde dabei in die Luft geschleudert und landete in hohem Bogen im Gras. Die Schafe schirmten ihn schützend ab.

»Hat sie schon daraus getrunken?«, japste Jasmine. »Bitte, sagt, dass wir noch rechtzeitig gekommen sind!«

Nisha, die für Öko-TV die Schlussfeier kommentierte, kam mit ihrer Berichterstattung kaum hinterher. »Ach du liebe Güte …«, rief sie. »Sie haben es ja gesehen: Die Schafe haben Mathilde Bonifaz aus dem Rollstuhl geworfen. Oh, die arme alte Dame …«

Die Kamera zeigte nun in Großaufnahme das chaotische Bild, das sich in der Mitte der Arena bot. Die alte Dame war mittlerweile wieder auf den Beinen. Aber sie wirkte mit einem Mal gar nicht mehr so alt. Die dunkle Brille war heruntergefallen und ihre weiße Perücke zur Seite gerutscht;

darunter kam glattes blondes Haar zum Vorschein. Der schwarze Umhang klaffte auseinander und gab den Blick frei auf Militärhose, T-Shirt und Turnschuhe.

»Das ist Lulu!«, schrie Nisha und vergaß völlig, dass sie Fernsehmoderatorin war. »Das ist gar nicht Mathilde Bonifaz. Das ist Lulu! Mein Gott, es ist unfassbar.«

Lulu zog den Goldenen Gral aus der Innentasche des Umhangs, riss sich den Umhang von den Schultern, kickte die Perücke weg und floh in Richtung Ausgang. In ihren Turnschuhen preschte sie über den Rasen, doch als sie drei Viertel der Strecke zurückgelegt hatte, stürmte Tony auf sie zu.

»Verräterin!«, schrie er und hechtete vor, um sie an den Knöcheln zu packen.

Lulu machte einen Schlenker, um ihm auszuweichen, stürzte, sprang hastig auf und rannte weiter. Allerdings ohne den Gral, denn der war ihr aus den Fingern gerutscht.

»Der Goldene Gral!«, schrie Tony. Er warf sich auf den Kelch, kam schnell wieder auf die Füße und schwenkte ihn hoch über dem Kopf.

Die Uhr an der hinteren Stadionwand zeigte zehn Sekunden vor zwölf.

Tony griff sich das nächstbeste Mikrofon. »Sie wollten den Beweis, Herr Anwalt! Hören Sie mich? Hier ist er. Der Goldene Gral!«

Unweit des Stadioneingangs waren der Anwalt der Stadtverwaltung und der Geschäftsführer des Bauunternehmens gerade im Begriff, einander die Umschläge mit den Verträgen auszuhändigen, als sie sich plötzlich auf dem riesigen Stadion-Bildschirm sahen und Tonys aufgeregte Ansage hörten.

»Äh … ich denke, wir sollten, ähm, die Vertragsübergabe bis auf Weiteres vertagen …«, sagte der Anwalt. Er lächelte mit unbehaglicher Miene und steckte den dicken weißen Umschlag zurück in seine Aktentasche.

In der Arena rannte Tony indessen, den Gral fest an die Brust gedrückt, zu Lulu, der sich zu guter Letzt zwei rotgesichtige Jungen mit einem *Ben Hur 3000* in den Weg gestellt hatten. Ein halbes Dutzend Ordner war ihnen zu Hilfe geeilt, bereit, die junge Frau festzuhalten, falls sie einen erneuten Fluchtversuch machte.

Tony schaute Lulu traurig an und schüttelte den Kopf. »Ich habe dir geglaubt«, sagte er leise. »Ich dachte tatsächlich, du wärst Mathilde Bonifaz.« Er spürte einen Kloß im Hals und musste schlucken. »Du hast mich zum Narren gehalten.«

Lulu zuckte mit den Schultern. »Ich habe euch alle zum Narren gehalten.« Sie warf den Kopf zurück und lachte. »Mathilde ist letzten Monat gestorben. In Amerika.«

Tony betrachtete den Goldenen Gral in seinen Händen. »Das ist sehr traurig – dass sie tot ist. Sie hätte ihn vermutlich gern vorher noch einmal gesehen.«

Einen Moment lang herrschte absolute Stille im Stadion. Alle verspürten plötzlich Mitleid mit der echten Mathilde, die in dem Glauben gestorben war, dass der Gral für immer verschwunden war.

Ein beunruhigender Gedanke schoss Tony durch den Kopf und er brach das Schweigen. »Und …«, setzte er an, »hat Mathilde Bonifaz ein Testament hinterlassen?«

»Oh ja«, antwortete Lulu. »Sie hat ein Testament hinterlassen. Einen völlig bescheuerten Letzten Willen. Sie hätte *mir* den Gral vermachen sollen. Ich war es, die sich ein ganzes Jahr lang um sie gekümmert hat. Aber nein.« Lulu warf abermals den Kopf trotzig zurück. »Sie sagte, falls der Gral je gefunden würde, sollte er der Person gehören, die am meisten für die Leute des Uferpalast-Viertels tut.«

Oben an ihrem Kommentatoren-Platz bemühte sich Nisha, den Fernsehzuschauern zu erklären, was vor sich ging.

»Und hier kommt es zu einer weiteren überraschenden Wendung der Ereignisse«, berichtete sie. »Dieser unglaublich wertvolle Kelch – ich weiß, er sieht nach nichts aus, aber glauben Sie mir, er ist sehr kostbar – wurde anscheinend der Person vermacht, die am meisten für die Leute des Uferpalast-Viertels leistet. Wer das wohl sein mag?«

Sie musste nicht lange rätseln. Ein paar Zuschauer im Stadion begannen, einen Namen zu skandieren. Weitere stimmten ein. Bald war das gesamte Publikum auf den Beinen und rief winkend: »TONY … TONY … TONY …«

Nisha lachte. »Wow! Hören Sie sich die Zuschauer an! Kein Zweifel, wer *ihrer* Meinung nach den Gral bekommen sollte. Mal sehen, ob ich den Mann der Stunde für ein Interview ans Mikrofon bekomme.«

Tony wusste nicht, wie ihm geschah. Er stand in der Arena, presste den Goldenen Gral an die Brust und lauschte mit offenem Mund den Sprechchören. Sheba trottete herbei und setzte sich schwanzwedelnd neben ihn.

»Tony!«, rief Nisha und kam über den Rasen auf ihn zugerannt.

Der Chor der Zuschauer verstummte und alle setzten sich wieder hin, um zuzuhören.

»Tony Maxwell! Ganz offensichtlich sind die meisten Menschen im Stadion der Meinung, du solltest den Goldenen Gral bekommen. Verrätst du uns, was du damit tun würdest?«

Tony blickte auf den kleinen Kelch hinunter und versuchte, sich zu beruhigen. Er konnte es nicht fassen, dass er mit Nisha im Fernsehen war. »Also, wie du schon sagtest, er sieht jetzt so unscheinbar aus, aber er besteht aus purem Gold und ist mit kostbaren Diamanten, Rubinen und so besetzt. Und, na ja, ich würde ihn so teuer wie möglich verkaufen. Und dann würde ich das Grundstück des Uferpalasts kaufen, damit die Farm bleiben kann.«

Tosender Jubel brandete auf den Zuschauertribünen auf.

Tony schniefte und starrte auf den Kelch. »Es fällt mir schon schwer, ihn zu verkaufen, nachdem ich so lange danach gesucht habe. Aber ich denke, das hätte sein letzter rechtmäßiger Eigentümer, Bartholomäus Bonifaz, von mir erwartet. Er wollte ihn ebenfalls verkaufen, um mit dem Geld den Armen zu helfen, weißt du. Doch dann hat Arthur Upton den Gral gestohlen.«

Jeremy stand ganz in der Nähe und zuckte zusammen. Er wünschte, die Menschen würden die Sache mit Arthur Upton endlich vergessen.

Die Zuschauer waren wieder aufgesprungen und klatschten. Max und Mandy, die noch immer auf dem Podium in der Mitte der Arena standen, applaudierten ebenfalls, unterhielten sich währenddessen jedoch flüsternd.

Dann hob Max plötzlich die Hand und bat um Ruhe. »Meine Damen und Dings … soweit ich weiß, wurde dieser Gral vor vielen, vielen Hundert Jahren in den Uferpalast gebracht von … äh …«

Mandy half ihm auf die Sprünge: »Dem Ritter Sir Bonifaz.«

»Genau«, sagte Max. »Sir Bonifaz. Nun, ich hab's nicht so mit Geschichte, wie Sie vermutlich schon gemerkt haben, aber ich finde, dass ein so außergewöhnlicher Gegenstand, der seit so langer Zeit hier seinen Platz hatte, auch hier bleiben sollte.«

Es wurde still im Stadion. Die Leute setzten sich und warteten schweigend, was Max als Nächstes zu sagen hatte.

»Also, Mandy und ich schlagen deshalb Folgendes vor: Wir kaufen das Grundstück des Uferpalasts von der Stadtverwaltung. Zu dem Preis, den sie dafür verlangt. So kann die Stadtfarm bleiben, wo sie ist. Und wir restaurieren einige der alten Gebäude, um dort ein Museum einzurichten, wo dann der Goldene Gral ausgestellt wird und von jedermann bewundert werden kann.«

Die Kriegerschafe beobachteten erstaunt, wie Tausende von Menschen im Stadion in Jubel ausbrachen, klatschten und mit den Füßen trampelten.

»Ich wünschte, ich würde verstehen, worum es hier geht«, sagte Will. »Sie scheinen alle furchtbar aufgeregt wegen dieses kleinen Becherdings.«

»Das sind nur Menschen, Liebes«, entgegnete Sally. »Helft mir, den Heiligen Kübel richtig herum aufzustellen.«

Gemeinsam richteten die Schafe mit den Schnauzen den Speedwell-Pokal auf. Dann starrten sie hinein.

»Leute, wir müssen daraus trinken, schnell!«, mahnte Linx.

»Als hätten wir heute nicht schon genug Wasser geschluckt«, murrte Oxo.

Todd blickte zu den Schafen hinüber, die den Pokal umringten.

»Sieht so aus, als hätten unsere Schafe Durst«, sagte er zu Stanley. »Hast du Wasser?«

Stanley schüttelte den Kopf, aber zwei der Ordner, die Lulu bis zum Eintreffen der Polizei festhielten, holten Mineralwasser-Flaschen aus ihren Taschen.

»Darf ich mitkommen?«, bat Stanley. »Und dir helfen?«

Todd grinste. »Klar. Warum nicht?«

Mit Stanley an seiner Seite humpelte Todd über den Rasen zu den Schafen. Stanley warf seinem Vater einen schnellen Blick zu, der abermals mit erhobener Hand um Ruhe bat.

»Nach all der Aufregung«, sagte er, »ist es an der Zeit, uns wieder den Familien-Spaß-Spielen zuzuwenden und« – ein Trommelwirbel ertönte – »dem großen Finale!«

Er wartete auf den Applaus, aber alle Augen ruhten auf Tony, der gerade auf das Podium kletterte.

»Ähm … Verzeihung, Mr Speedwell«, bat Tony. »Darf ich noch was sagen?«

»Selbstverständlich«, antwortete Max und trat beiseite.

Tony stellte sich ans Mikrofon, den Goldenen Gral hielt er nach wie vor fest umklammert. Er räusperte sich. Holte tief Luft. »Es gibt da eine Frage, die ich jemandem nun schon seit Ewigkeiten stellen will«, verkündete er mit lauter Stimme. »Einem ganz besonderen Menschen. Ich war nur immer zu schüchtern dazu. Aber jetzt tue ich es: Nisha Patel, willst du mich heiraten?«

Todd sah, wie seine Oma am anderen Ende des Stadions auf ihren Sitz kletterte und mit beiden Armen winkte. Alle klatschten und jubelten wieder. Nisha stand erst wie angewurzelt auf dem Rasen und wurde puterrot. Dann stieg sie aufs Podium und gab Tony einen schüchternen kleinen Kuss.

Todd grinste und leerte eine Wasserflasche in den großen goldenen Pokal. »Ich schätze mal, sie hat Ja gesagt.«

Stanley leerte die zweite Flasche in den Pokal und trat zurück, um die Schafe zu beobachten.

»Bitte schön!«, rief Todd. »Allerdings weiß ich nicht, ob ihr es verdient habt.«

Die Krieger hörten gar nicht hin, nicht einmal Will. Sie

drängten sich um den goldenen Pokal, senkten die Köpfe und tranken.

Bei ihrem allerersten Schluck gab es am anderen Ende der Arena eine Explosion. Dann eine zweite und eine dritte. Ringsherum schossen krachend Raketen in die Luft, aus denen hoch über dem Stadion goldene Wolken hervorbrachen, die größer und größer wurden und einen sanften Regen aus goldenem Glitter freisetzten. Der Himmel war mit tanzenden, funkelnden Goldtropfen übersät.

»AchduliebesGras …«, seufzte Jasmine. »Ist das nicht schöööön …«

Will blickte staunend mit großen Augen nach oben. »Das muss mit ›Holt euch Gold‹ gemeint sein …«

»Wir haben es geschafft, Kinder«, verkündete Sally. »Wir haben aus dem Heiligen Kübel getrunken und jetzt …« Sie richtete sich stolz auf.

»Sind wir geadelt als Beste der Besten alsdann
Und auf unseren Hufen und Hörnern ruhen fortan
Die Ehre und Pflicht des Kriegerrechts …«

»Für Friede und Freiheit des Schafgeschlechts!«, stimmten Oxo, Linx, Jasmine und Will im Chor ein.

Und während die Blaskapelle aufspielte, Artisten und Tänzer in die Arena rannten und rings um die Schafe Saltos machten und Rad schlugen, begann Linx mit dem Kopf zu wippen und mit dem Huf einen Takt zu klopfen:

»Die Luft in so ’ner Großstadt ist ziemlich verpestet,
Nicht wie in Eppingham, das hab’n wir ausgiebig getestet.
Für unsere Hufe ist Straßenpflaster nicht eben das Beste,
Aber von uns hört ihr keine Klagen oder Proteste!
Denn von der Stadtfarm sind wir freiwillig abgehau’n,
Und wir haben ’ne Nachricht für den Ziegenbock hinterm Zaun:
Nichts ist uns passiert, niemand konnte uns linken,
Wir haben’s geschafft, aus dem Heiligen Kübel zu trinken!
Unsere Geschichte dürft ihr erzählen, wem ihr wollt!
Die Kriegerschafe sind mutig, gewieft und holten sich Gold!«

Die ersten vier Bände der Schafgäääng:
Im Auftrag des Widders
Ab durch die Wüste
Lamm über Bord
Auf die Hufe, fertig, los

MIX
Papier aus verantwortungsvollen Quellen
FSC® C014496
www.fsc.org

Russell, Christine/Russell, Christopher:
Die Schafgäääng
Kommt ein Lämmchen geflogen
ISBN 978 3 522 18399 4

Aus dem Englischen übersetzt von Eva Plorin

Einband- und Innenillustrationen: © Colin Stimpson
Einbandtypografie: Michael Kimmerle
Schrift: Esprit book und Coop light
Satz: Kadja Gericke
Reproduktion: HKS-Artmedia GmbH, Leinfelden-Echterdingen
Druck und Bindung: GGP Media GmbH, Pößneck

5 4 3 2 1°   15 16 17 18

www.thienemann.de

Interview mit Christine und Christopher Russell

Ist „Die Schafgäääng" Ihr erstes Buch?

Christine Russell: Es ist unser erstes *gemeinsames* Buch. Chris hat bereits vier Bücher für Kinder geschrieben.

Christopher Russell: Das waren historische Abenteuerromane für Kinder.

Wie kamen Sie auf die Idee zu „Die Schafgäääng"?

Chris: Christine war auf dem Weg zur Bushaltestelle. Wir leben ja auf dem Land und um uns herum gibt es viele Wiesen, Felder und eben auch Schafe. Als sie von unserem Haus den Hügel zur Haltestelle hinauflief, sah sie am Feldrand fünf Schafe stehen, die auf den Bus warteten!

Christine: Ich hielt inne und musste mich doch sehr wundern. Ich stand so da – und vielleicht lag es auch am Licht, dass ich den Zaun dazwischen nicht sehen konnte. Als ich wieder nach Hause kam, erzählte ich Chris gleich davon und die Idee für das Buch war geboren.

Sind Schafe Ihre Lieblingstiere?

Christine: Auf eine Art, ja. Wir mögen Schafe sehr. Wenn sie einen so anschauen und vor sich hin kauen, haben sie etwas Liebenswertes an sich.

Chris: Und sie sind nicht so dumm, wie viele Menschen glauben. Es gibt viele wissenschaftliche Studien, die das Gegenteil beweisen. Man weiß einfach nicht, was sie denken. Sie haben so etwas Eigenes, das uns gefällt.

Haben Sie für das Buch die Verhaltensweise von Schafen beobachtet?

Chris: Nein, nicht unbedingt. Gut, wir wissen inzwischen, dass Schafe vier Mägen haben und dass sie gerne in Gruppen zusammen sind, also keine Einzelgänger sind.
Christine: Für das Buch war es uns wichtig, verschiedene Charaktere zu haben. Und da haben wir uns schon die verschiedenen Rassen mit ihren jeweiligen Eigenschaften näher angeschaut.

Wer ist Ihre Lieblingsfigur?

Christine: Das wurden wir schon oft gefragt, aber wir können es wirklich nicht sagen. Vielleicht hat mein Mann Chris eine gewisse Sympathie für Oxo, weil er immer hungrig und auf der Suche nach Essen ist.
Chris: Wie ich auch!
Christine: Ich identifiziere mich mehr mit der Oma im Buch. Wenn ich alt bin, möchte ich gern so eine Oma sein. Und ich schreibe die Raps sehr gerne.

Würden Sie sagen, dass Ihr Buch typisch britischer Humor ist?
Christine: Das ist eine schwierige Frage. Gibt es typisch britischen Humor überhaupt?
Chris: Da das Buch in Deutschland so gut ankommt, könnte man vielleicht sagen, dass es typisch deutscher Humor ist!?
Christine: Sagen wir einfach, es ist typischer Humor.

Wenn Sie gemeinsam schreiben, wie sieht Ihre Zusammenarbeit aus?
Christine: Wir streiten nicht, aber wir diskutieren. Wir machen lange Spaziergänge, auf denen wir unsere Ideen entwickeln und uns die Geschichten ausdenken.
Chris: Und zu Hause schreibt Christine dann alles auf, weil sie einfach schneller beim Tippen ist. Wir schreiben aber nie zusammen. Wir schreiben abwechselnd Kapitel und lassen dann den anderen lesen.
Christine: Ja, und das geht dann so: »Deinen Ansatz finde ich sehr gelungen und wie du den Plot weiterspinnst, sehr schön …«
Chris: Aber!
Christine: Ja, und dann kommt das große Wort »aber«.
Beide lachen.

Wie lange brauchen Sie zum Schreiben?
Chris: Das dritte Buch haben wir in drei Monaten geschrieben. Für das erste haben wir aber viel länger gebraucht – wenn man am Stück rechnet, gute sechs Monate.

Das zweite und dritte Buch spielen in Las Vegas und Australien. Waren Sie dort, um für die Bücher zu recherchieren?
Christine: Nein. Wir reisen sehr gerne und sehr viel. Wir waren zwar sowohl in Las Vegas als auch in Australien, aber erst nachdem wir die Bücher geschrieben hatten.
Chris: Ja, die Schafe hatten dort offenbar eine gute Zeit und so beschlossen wir, auch dahin zu reisen, um dasselbe zu erleben wie unsere Schafe.

Was muss man beachten, wenn man für Kinder schreibt?
Christine: Man muss bei der Sprache aufpassen. Ansonsten gelten die normalen Regeln des Erzählens. Wir kürzen die Sätze etwas, aber vereinfachen nicht zu sehr. Man muss den Kindern zwar entgegenkommen, aber es ist sehr wichtig, ihre Intelligenz zu respektieren.

Was machen Sie am liebsten in Ihrer Freizeit?
Christine: Wir gehen gerne spazieren und verbringen viele Stunden in unserem Garten. Wir haben auch oft Besuch oder fahren nach London, um dort ins Theater zu gehen – und um unsere Töchter zu sehen.
Chris: Wir reisen auch sehr gerne und haben schon viele Reisen in interessante Länder gemacht, wie Australien, die Galapagos Inseln oder Südostasien. Und es gibt noch so vieles mehr, was wir sehen wollen. Demnächst möchten wir unbedingt nach China.

Leseprobe aus dem Band *Ab durch die Wüste*

Eigentlich waren sie nur in die Scheune gegangen, um sich vor dem Regen zu schützen. Aber das beweist lediglich, dass große Abenteuer ihren Anfang nehmen können, wenn du es am wenigsten erwartest.

Schafe, selbst seltene Rasseschafe, stört es für gewöhnlich nicht weiter, nass zu werden, doch seit Tagen hatte es in Strömen geregnet und auf der Weide versank man huftief im Morast. Jasmine, das hübsche kleine Jacobschaf, hatte die Schnauze voll.

»AchduliebesGras…«, jammerte sie und trottete in den kuscheligen Stall. »So viel Regen. Mein Haar sitzt heute überhaupt nicht.«

»Sei nicht albern, Liebes«, widersprach Sally, das beleibte, mütterliche Southdown-Schaf, während sie ihr folgte. »Nur Menschen haben Haare. Und ein Schafspelz kann gar nicht schlecht sitzen.«

»Korrekt, Mann«, stimmte Linx, der große Lincoln-Langwoll-Schafbock, zu, obwohl seine eigenen wolligen Locken ihm feucht in die Augen hingen und er kaum sehen konnte, wohin er gerade lief. »Jep, Vlies ist cool.«

Und dann rumpelte er auf dem Weg nach drinnen gegen den Torpfosten.

Hinter Linx schlüpfte Will, das magere walisische Balwen-Lamm, ins Trockene. Will mochte den Stall. Normalerweise stand dort immer ein Laptop.

Nur Oxo, dem mächtigen Oxford-Schafbock, widerstrebte es, die Wiese zu verlassen. Der Regen ließ das Gras höher wachsen und verlieh ihm eine besondere Süße. Was bitte schön gab es daran auszusetzen? Aber er war ein Schaf und Schafe blieben zusammen, also rupfte er ein letztes Maulvoll saftiges Gras und quetschte sich hinter den anderen in den Stall.

Die Hennen, die darin wohnten, protestierten ein paar Minuten gackernd und flatternd, dann beruhigten sie sich wieder und die Schafe machten es sich auf dem strohbedeckten Boden bequem. Sie setzten sich vor den Laptop, der auf einem Heuballen in der Mitte des Raums stand. Die Kleinsten, Jasmine und Will, saßen vorn, dahinter Sally, Oxo und Linx.

Der Laptop gehörte Ida White, der Besitzerin der Eppingham-Farm, auf der die seltenen Rasseschafe zu Hause waren. Ida stellte ihn oft in den Stall, um die Hühner mit Musik zu unterhalten. An jenem regnerischen Frühlingstag lud sie gerade einige neue Lieder für die Hennen herunter – zur Abwechslung einmal etwas ruhigere Musik statt der üblichen Pop- und Rocksongs.

Das zweite Stück fing eben an, als die Schafe sich niederließen.

Will, dessen Mutter gestorben war, als er noch ganz klein war, hatte seine frühe Lammheit bei Ida und ihrem Enkel Todd in der Küche des Farmhauses verlebt. Er hatte in dieser Zeit sehr viel über menschliche Gewohnheiten gelernt und konnte sogar ein bisschen lesen. Langsam las er die Worte auf dem Bildschirm vor.

»Schafe können sicher weiden ... J. S. Bach.«

»Was ist J. S. Bach?«, wollte Oxo wissen. »Etwas, worauf man grasen kann?«

Will schüttelte den Kopf. »Nein, ich denke, das ist der Name des Komponisten. Der Mann, der die Musik geschrieben hat.«

»Pst«, unterbrach Sally. Sie betrachtete entzückt den Bildschirm, auf dem zur Musik Schafe gezeigt wurden, die in einem schönen, sonnendurchfluteten Tal weideten.

»Was für ein Glück wir haben, Schafe zu sein«, murmelte sie.

»Jep«, stimmte Linx zu. »Aber das ist nicht gerade ein granatenmäßiger Rhythmus, was?« Seine Locken wippten auf und ab, während er nickend versuchte, einen passenden Rap zu dichten. Es war nicht einfach, auf die langsame Musik zu rappen.

»Wir sind Ovis Aries, das ist unser Name auf Latein,
Aber nennt uns einfach Schafe,
so heißen wir allgemein …«

Jasmine beäugte ebenfalls angestrengt den Laptop, allerdings interessierte sie sich weder für die Musik noch für die Landschaftsbilder. Sie hatte bemerkt, dass auf dem Bildschirm ihr Spiegelbild zu sehen war, und betrachtete sich prüfend. Schließlich entspannte sie sich. Ihr Fell saß tadellos. Und sie war weitaus hübscher als dieser »sicher weidende« Haufen auf dem Bildschirm.

Oxo bemühte sich ein paar Sekunden lang, der Musik zu lauschen, aber alles, was er hörte, waren seine knurrenden Mägen. Also gab er auf und döste vor sich hin.

Und da geschah es.

Die Schafe verschwanden plötzlich vom Bildschirm und vor einem schwarzen Hintergrund tauchte eine Zunge auf. Die rote, raue Zunge füllte den Bildschirm und weit hinten im Rachen waren die Mandeln erkennbar. Dann erschallte die Stimme: »Hey, ihr Widder, Schafe und Lämmer. Hier kommt eine Nachricht für euch. Wir werden euch schlachten. Wir sind auf dem Weg. Die Teufelszunge! Den Namen solltet ihr euch merken!«

Das Detektivduo Esme & Igor startet durch!

THIENEMANN

Bodil El Jørgensen
Die dritte Stunde nach Mitternacht
Ein Fall für Esme & Igor
Band 1 · 176 Seiten
978-3-522-18289-8

Nachts, wenn die Stadt schläft, tauchen drei Rollenspieler – Zauberer, Zwerg und Dieb – auf und hinterlegen geheime Botschaften. Kurz darauf brennt eine Brücke und eine Millionärstochter verschwindet spurlos. Niemand scheint einen Zusammenhang zu sehen. Außer Esme & Igor!

Bodil El Jørgensen
Die Nacht der verschwundenen Kinder
Ein Fall für Esme & Igor
Band 2 · 160 Seiten
978-3-522-18293-5

Eine Gruppe von Kindern hält die Bevölkerung in Atem: Mitten am Tag verschwinden Geldbörsen und Kreditkarten. Esme & Igor beginnen zu ermitteln, denn eines ist schnell klar: Die Kinder handeln nicht aus eigenem Antrieb. Doch wer sind die Hintermänner? Bevor die Wahrheit ans Tageslicht kommt, wird Esme entführt …

Beide Bücher sind auch als E-Books erhältlich!

THIENEMANN
Wir schreiben Geschichten!

www.thienemann.de